Coleção Jabuti Aventura

Editora Saraiva

Oh, Coração!

Ou o dia em que Pé de Pau virou crocodilo

ROBERTO JENKINS DE LEMOS

Apreciando a Leitura

Bate-papo inicial

O que você faria se encontrasse muito dinheiro e descobrisse que era roubado? E se o dono do dinheiro fosse um bandido perigosíssimo? Você tentaria devolver o achado ou arriscaria ficar com ele? Ficou curioso? Pois essa é a aventura que Regina, Ademir e Zé Santos vivem em uma pequena cidade do Espírito Santo. Ali, Lixeiro – também conhecido como Três Dedos –, um dos capangas de Pé de Pau e responsável pela arrecadação da renda obtida com o jogo do bicho, foge com o dinheiro e o esconde na floricultura onde Regina trabalha. Ao encontrar os pacotes enterrados num xaxim, ela fica apavorada. Com medo de se meter em confusão e perder o emprego, pede ajuda a seus amigos, que procuram uma forma de devolver aquele dinheiro anonimamente. Em meio a interrogatórios, perseguições e assassinatos, Regina e seus amigos têm de driblar o azar e procurar um bom destino para aquela vultosa quantia, que continua fazendo história; é só abrir o livro e descobrir quem foi o agraciado!

Analisando o texto

1. Ordene as frases abaixo, numerando-as conforme a ordem em que aparecem na narrativa.

(   ) O corpo de Três Dedos é encontrado boiando no canal.

(   ) Regina e Ademir começam a namorar.

(   ) A Casa dos Velhinhos recebe o dinheiro roubado.

(   ) Zé Santos vai visitar Deusdedith.

(   ) Regina encontra o dinheiro escondido no xaxim.

(   ) Fracassa a tentativa de devolução do dinheiro.

(   ) O xaxim é escondido na papelaria.

(   ) Regina torce o pé.

(   ) A galeria é invadida por volta das sete da manhã.

(   ) Pé de Pau recebe a visita dos velhinhos.

2. Apesar das muitas peripécias, essa aventura ocorre num período curto de tempo. Indique o início e o fim da narrativa.

R.: ____________________

3. Explique a expressão "xaxim milionário".

R.: ____________________

4. Por que Regina não contou a Dona Arlete sobre a descoberta do dinheiro?

R.: ____________________

5. Apesar da origem humilde, Regina, Ademir e Zé Santos não pensaram em ficar com o dinheiro. Em sua opinião, eles agiram corretamente? Justifique sua resposta.

R.: ____________________

b) “Mané” pode ser substituído por um adjetivo. Qual?

R.: ____________________

Pesquisando

15. Faça uma pesquisa sobre o jogo do bicho, sua introdução no Brasil, suas regras e sua situação perante a legislação brasileira.

16. Você já ouviu falar de Holambra? É a cidade de “um jardim enorme”! Ruas, praças e até as casas são enfeitadas com flores muito coloridas. Como ela, há outras cidades brasileiras que cultivam e exportam flores. Faça uma pesquisa e descubra as maravilhas da floricultura.

17. No Brasil, a Lei nº 10.471, de 1º de outubro de 2003, estabelece o Estatuto do Idoso, destinado a regular os direitos assegurados às pessoas com idade igual ou superior a 60 anos. Pesquise sobre essa lei para saber mais sobre as políticas públicas destinadas à terceira idade. Depois, observe sua cidade e verifique se ela atende às necessidades dos idosos. Caso isso não ocorra, redija uma proposta sugerindo à prefeitura modificações que assegurem os direitos das pessoas da terceira idade.

Redigindo

18. Redija um bilhete para um colega de classe. No texto, você deve usar gírias e expressões populares. Quem receber o bilhete deverá respondê-lo empregando apenas a norma culta.

19. Que tal fazer um dicionário de gírias usadas na sua escola? Reúna os colegas e elabore uma lista de palavras e expressões faladas no dia a dia. Lembre-se de que cada verbete deve ser explicado por meio da norma culta.

Para qualquer comunicação sobre a obra, escreva:

Editora Saraiva
Editorial Paradidático e de Interesse Geral
Rua Henrique Schaumann, 270
05413-010 São Paulo – SP
e-mail: paradidatico@editorasaraiva.com.br

Escola: ____________________

Nome: ____________________

Ano: ________ Número: ________

ROBERTO JENKINS DE LEMOS

Ilustrações

MARCELO MARTINS

Oh, Coração!

Ou o dia em que Pé de Pau virou crocodilo

Coleção Jabuti Aventuras

1ª edição

3ª tiragem

2010

Conforme a nova ortografia

Editora Saraiva

Editora Saraiva

Rua Henrique Schaumann, 270
CEP 05413-010 – Pinheiros – São Paulo-SP
Tel.: PABX (0**11) 3613-3000
Fax: (0**11) 3611-3308
Fax Vendas: (0**11) 3611-3268
Atendimento ao Professor: 0800-0117875
Endereço Internet: www.editorasaraiva.com.br
E-mail: atendprof.didatico@editorasaraiva.com.br

Revendedores Autorizados

Aracaju: (0**79) 3211-8266/3211-6981
Bauru: (0**14) 3234-5643
Belém: (0**91) 3222-9034/3224-9038
Belo Horizonte: (0**31) 3429-8300
Brasília: (0**61) 344-2920/344-2951
Campinas: (0**19) 3243-8004/3243-8259
Campo Grande: (0**67) 3382-3682
Cuiabá: (0**65) 3901-8088
Curitiba: (0**41) 3332-4894
Florianópolis: (0**48) 3244-2748/248-6796
Fortaleza: (0**85) 3238-2323
Goiânia: (0**62) 3225-2882/3212-2806
Imperatriz: (0**99) 3525-2913
João Pessoa: (0**83) 3241-7085
Juazeiro do Norte: (0**88) 3511-8280
Londrina: (0**43) 3322-1777
Maceió: (0**82) 3221-0825
Macapá: (0**96) 3223-0706
Manaus: (0**92) 633-4227
Natal: (0**84) 3611-0627/3211-0790
Porto Alegre: (0**51) 3371-4001/3371-1467/3371-1567
Porto Velho: (0**69) 3223-2383/3221-2915
Recife: (0**81) 3421-4246
Ribeirão Preto: (0**16) 3610-5843
Rio Branco: (0**68) 3224-3125/3224-7094
Rio de Janeiro: (0**21) 2577-9494
Salvador: (0**71) 3381-5854/3381-5895
Santarém: (0**93) 3523-6016
São José do Rio Preto: (0**17) 3227-3819
3227-0982
São José dos Campos: (0**12) 3921-0732
São Luís: (0**98) 3243-0353
Teresina: (0**86) 3221-3998/3226-1956
Uberlândia: (0**34) 3213-5158/3213-6555
Vitória: (0**27) 3137-2595/3137-2566/3137-2560

roberto.jenkins.de.lemos@paginadacultura.com.br
representado pela Página da Cultura:
paginadacultura@pobox.com

Gerente editorial: ROGÉRIO GASTALDO
Editora-assistente: KANDY SGARBI SARAIVA
Secretária editorial: ANDRÉIA PEREIRA
Suplemento de trabalho: MÁRCIA GARCIA
Coordenação de revisão: PEDRO CUNHA JR. E LILIAN SEMENICHIN
Gerência de arte: NAIR DE MEDEIROS BARBOSA
Diagramação: EDSEL MOREIRA GUIMARÃES

Dados Internacionais de Catalogação na Publicação (CIP)
(Câmara Brasileira do Livro, SP, Brasil)

Lemos, Roberto Jenkins de
Oh, coração!, ou O dia em que Pé de Pau virou crocodilo / Roberto Jenkins de Lemos; (ilustrações de Marcelo Martins). — São Paulo : Saraiva, 2004. — (Coleção Jabuti)

ISBN 978-85-02-04566-8 (aluno)
ISBN 978-85-02-04565-1 (professor)

1. Literatura infantojuvenil I. Martins, Marcelo. II. Título. III. Título: O dia em que Pé de Pau virou crocodilo. IV. Série.

04-0690 CDD-028.5

Índices para catálogo sistemático:

1. Literatura infantojuvenil 028.5
2. Literatura juvenil 028.5

Impressão e acabamento: Yangraf Gráfica e Editora

Que meus sobrinhos
Carol, João Ethel,
André e Marcela
não precisem viver
uma aventura tão perigosa
como esta.

Sumário

Prólogo

Foi sorte a alça da sandália quebrar

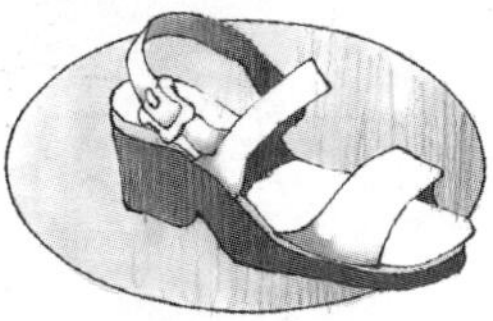

Regina seguia para o trabalho, eram 6h40 de uma segunda-feira, quase ninguém nas calçadas, poucos carros nas ruas – ela gostava de chegar às 7 horas à loja onde trabalhava, o que lhe dava um bom tempo para arrumar tudo.

E já estava quase chegando à Galeria Fenícia quando aconteceu o tropicão: seu pé esquerdo falseou, e por pouco ela não se esparramou pelo chão... a alça de sua sandália quebrara e, em se tratando de uma plataforma, seu pé virara de lado.

Apoiou-se na grade da casa amarela, sentou-se na mureta que a sustinha, os olhos deixando passar algumas lágrimas, pois seu tornozelo doía bastante – isso sem falar no prejuízo que lhe custaria para recuperar a sandália.

Massageava seu tornozelo e viu a moto que parou defronte à galeria que ia dar na rua da praia, exatamente a galeria onde ficava a floricultura na qual trabalhava; viu o carona descer e olhar lá para dentro, chegando até a entrada da loja; mas fosse lá o que estivesse procurando, parecia que não achara nada, uma vez que retornou para a moto.

E foi aí que seu companheiro gritou qualquer coisa!

Num passe de mágica, apareceu um revólver na mão do

primeiro ocupante da moto, e ela ouviu nitidamente dois barulhos surdos, como "plop-plop", antes que o atirador se lançasse galeria adentro, seguido pela moto, um barulhão tremendo.

O inesperado daquilo tudo teve forças para paralisar a jovem.

Para ela decorreu uma eternidade até que surgisse alguém na boca da galeria.

– Ei! O que é que tá acontecendo aqui?

A pergunta foi para ela, não havia mais ninguém ali – só que a resposta não saiu; perdera a voz por conta do susto.

Outras pessoas chegaram, todos falavam ao mesmo tempo, Regina foi esquecida.

Foi a vez de Zé Santos aparecer – ele era vigia noturno da Fenícia das 22 às 6 horas e depois assumia as funções de faxineiro até as

11h30, um horário esquisito, mas que compensava pelo que Zé Santos recebia – e ele chegou falando:

– Um cara magrinho entrou correndo pela galeria, outro cara de moto veio atrás dele e mais um, correndo, com a máquina na mão.

– Então, foi no magrinho que atiraram – deduziu Regina –, e se a alça da sandália não tivesse se partido, eu estaria...

– A moto derrapou no sabão – Zé Santos estava lavando o piso, como fazia diariamente – e caiu de atravessado na escada (a saída para a praia era mais baixa), o cara que vinha correndo também escorregou e o magrinho sumiu pelo calçadão da praia.

E contou mais: naquela confusão toda, ele se abaixara atrás do balcão que fazia as vezes de portaria do prédio e por isso não tinha visto os dois homens saírem, só ouviu o barulho que fizeram.

Como que por encanto, surgiu um carro da polícia – normalmente, levava um bom tempo até que dessem o ar de suas presenças em situações como aquela.

*****

Regina entendeu que era hora de sair dali. Levantou-se, as pernas ainda meio bambas, e, esforçando-se para mancar o menos possível, misturou-se ao grupo, ficando bem atrás do homem que chegara primeiro.

– Quié que aconteceu? – foi logo perguntando o policial que descera da viatura.

O tal que se dirigira a Regina explicou conforme entendera como as coisas tinham se passado, convocando Zé Santos para contar o que só ele presenciara – não é preciso dizer que o vigia-faxineiro sentiu-se importante como centro das atenções, e repetiu, palavra por palavra, o que relatara antes.

Os PMs trocaram algumas palavras entre eles, chamaram Zé Santos e o homem que falara, e todos entraram na galeria; um dos policiais retornou para a viatura e saiu, sirene aberta.

Na portaria, Zé Santos mostrou como se escondera, e as marcas da derrapagem da moto foram examinadas pelo PM, confirmando a história contada; o policial ainda descobriu dois sulcos na parede, provavelmente feitos pelos disparos da arma do bandido, mas não comentou nada naquele momento, limitando-se a ir até a calçada, de onde deu uma olhada em volta, apenas para dizer que estava fazendo alguma coisa.

– Vamos precisar dar um pulo na Delegacia para registrar a ocorrência – informou o agente da Lei.

– Engraçado... – disse o homem. – Quando cheguei na boca da galeria havia uma moça no muro da casa amarela.

– Não deve ter visto nada – atalhou o policial –, tudo aconteceu aqui dentro.

– É, com certeza isso não é importante – concordou o homem.

A sirene anunciou que a viatura da polícia estava chegando pela rua da praia.

*****

Quando o grupo entrou na galeria, Regina ficou bem para trás, parando na porta da floricultura como se estivesse chegando naquele momento, mas, ao colocar a chave na fechadura, a porta cedeu: estava aberta!

Um arrepio percorreu-lhe o corpo, tinha certeza de que a deixara bem trancada no sábado.

Alguém entrara ali!!!

Seus dezessete anos não a fizeram mais corajosa do que o normal esperado das pessoas – o que fazer!?

Ademir respondeu por ela:

– Ei, morena! Quié que aconteceu aqui? – e sem lhe dar tempo de falar, empurrou a porta.

O rapaz trabalhava na pequena papelaria fronteira à floricultura e vivia puxando conversa com Regina, o que não a desagradava; colocou naturalmente sua mão no ombro dela e foram entrando, sem notar que ela capengava levemente.

– Cê tem água aí? Acordei com uma baita duma sede! – e sem esperar pela resposta, dirigiu-se ao pequeno banheiro onde fora colocado o bebedouro. – Mas o quié que houve? – insistiu ao voltar.

A moça acendeu as luzes da loja e, enquanto contava "o que ouvira", ia inspecionando o lugar: tudo em ordem, felizmente.

– Que pena! Fui olhar a turma dos pescadores na ponte e perdi essa muvuca... Quer dizer que o Zé Santos viu os carinhas de perto...

Tão logo Ademir seguiu para a papelaria, Regina experimentou a fechadura: funcionava normalmente, graças a Deus!

*****

Seguindo sua rotina normal, ela espanou as prateleiras, varreu a loja e, finalizando, passou um pano molhado com aromatizante no chão.

Foi então que notou um pouco de terra sob as prateleiras laterais, onde ficavam os xaxins; examinou tudo e não notou nada de anormal.

Quando pegou a cestinha para ensacar o lixo, deu com um jornal embrulhado como se fosse um pacote – não se lembrava de tê-lo colocado ali no sábado –, por isso, desfez o bolo e, para sua surpresa, dentro dele encontrou um punhado de terra preta.

Ora, se ela não mexera com terra no sábado e não embrulhara aquilo – coisas sobre as quais tinha certeza absoluta –, só se dona Arlete, a proprietária da floricultura, tivesse ido à loja depois que Regina saiu ou, quem sabe, no próprio domingo.

E não era pouca terra, não; era coisa de um ou dois saquinhos.

Bem, em termos práticos, a primeira medida a tomar era desaparecer com o tal pa-

cote, o que fez levando o lixo até a caçamba que ficava na calçada como coletora de lixo.

O importante era que, quando a dona chegasse, tudo estivesse em ordem; se ela tivesse ido lá no final do sábado ou no domingo, problema dela.

– E aí, morena!? Acho que hoje o movimento vai ser maior pelaqui.

– É, tem muita gente que adora confusão. E logo hoje a alça da minha sandália resolveu se quebrar... E acho que ainda torci o tornozelo.

– Deixe ver – ele não podia perder a chance de ser gentil com ela e abaixou-se para examinar o "estrago".

Mais do que depressa, ela descalçou a sandália e passou-a para ele, que a examinou com ares de "entendido".

– Olhe, não quebrou, não! Olhe aqui: a tira soltou da fivela, coisa boba. Guenta firme que vou dar um jeito nissaí... Mas deixeu dar uma olhada nesse tornozelo – Regina não teve como escapar, sentou-se e ele pegou seu tornozelo com delicadeza, passando os dedos na articulação. – É, cê deu uma torção, espere queu já volto – e saiu com a sandália e um sorriso de pura felicidade.

Enquanto esperava, Regina se concentrou no mistério que se passara ali na loja, agora bem mais tranquila, pois não teria despesa com a sandália – quem batalha na vida com um salário pequeno tem que contar todos os centavos que gasta...

Seu amigo retornou com uma pomada e, disfarçando o seu prazer, massageou o tornozelo de Regina, sem nenhuma dúvida, bem mais do que o necessário.

Ela, claro, gostou tanto do fresquinho da pomada quanto

da delicadeza da massagem; mãos fortes, porém gentis... Mas também disfarçou.

*****

Massagem terminada, ele saiu para cuidar da alça da sandália, e Regina não teve como não considerar que ele até que era um tipo bonito, com um peso bem distribuído naquele 1,80 m de altura.

O que ela nem poderia supor é que estava pertinho de uma fortuna. Bem, uma fortuna para quem não possuía nada, como ela.

E também nem desconfiava de que iria descobrir ainda naquele dia que, em certos momentos, a vida pode mudar radicalmente, numa fração de segundo.

1

Descobrindo "o tesouro"

A loja da floricultura era pequena, 4 x 4 m; as prateleiras para as plantas estavam encostadas nas três paredes; no centro, dois painéis com prateleiras pequenas serviam também para ocultar a porta do pequeno banheiro; havia mais um balcão envidraçado, atrás do qual fora colocado o *freezer* para guardar as flores já cortadas, e no canto ficava a mesa para se trabalhar com os vasos de plantas; duas cadeiras completavam o ambiente.

Regina estava sentada atrás do balcão, pois estava com um pé descalço por conta da plataforma levada pelo seu amigo; mas só ficou ali por uns cinco minutos, tempo gasto por ele para costurar a tira de couro na fivela.

— Amigo, cê pode trabalhar de sapateiro — comentou, experimentando a sandália.

— E olhe que ainda tenho outras habilidades — respondeu o rapaz, com uma boa risada.

*****

Dona Arlete chegou às 9h25.

Na avaliação de Regina, que trabalhava ali havia três semanas, a floricultura era uma distração para a proprietária: mulher rica e bonitona, na faixa dos quarenta anos, era casada com um médico famoso; além daquele negócio, era dona de uma confecção de roupas de banho, em cuja loja ainda oferecia vários artigos para praia.

Enquanto esperava por dona Arlete, a jovem refletiu muito e acabou decidindo não contar nada sobre a bagunça daquela manhã, principalmente sobre a porta aberta, afinal não desaparecera nada da loja e, mantendo silêncio, evitava que sua patroa pudesse pensar que ela não fechara a loja no sábado – não podia perder aquele emprego sob hipótese nenhuma.

Mas nem bem ela chegara, dona Olga, a dona da lojinha de perfumes, entrou:

– Bom dia, Arlete! Nem lhe conto sobre o faroeste desta manhã!

– Faroeste!? – Arlete olhou para Regina, que fez cara de quem não sabia de nada.

– Tivemos um tiroteio aqui na galeria, tem duas marcas de bala lá na parede da Portaria – prosseguiu a "novidadeira". – Foram três homens perseguindo um ladrão e mais uma motocicleta que entrou pela galeria. Deram uns dez tiros, mas ninguém acertou o bandido.

Regina estava com a melhor expressão de surpresa que conseguiu plantar no seu belo rosto... De fato, havia um pouco de verdade nisso, pois o relato de dona Olga pegou-a de surpresa.

– Mas será que nem aqui a gente tem segurança?

– Pois não é, minha amiga?! Imagine se fosse um pouco mais tarde... Mas aconteceu uma coisa que daria uma videocassetada espetacular: me disseram que a moto derra-

pou e derrubou os três que estavam correndo!

– Isso deve ter sido bom pro ladrão!

– Zé Santos saiu correndo e chamou a PM.

– O Zé Santos é gente boa... E o tal ladrão, roubou alguma loja?

– Nenhuma, menina! Ele entrou aqui na galeria fugindo dos quatro – Olga sabia contar "causos". – Epa! Tem cliente na minha loja, depois a gente se fala – e lá se foi.

– E cê não me disse nada, Regina!

– Tô sabendo disso agora, dona Arlete – explicou-se a jovem. – A alça da minha sandália quebrou e cheguei mais tarde... Acho que essa confusão aconteceu mais cedo. A senhora sabe, eu entro, fecho a porta e vou cuidar do meu serviço... Não fiz amizade com ninguém daqui, é só um oi, bom-dia, até amanhã, e mais nada.

— Bem, se alguém tivesse reclamado alguma coisa, a Olga já saberia; então, a galeria foi só usada como passagem.

— Vai ver foi coisa de droga, dona Arlete. Essa turminha fica meio maluca e sai por aí aprontando das deles.

— É, pode ser... Pode ser.

Dona Arlete conferiu o estoque de plantas e flores, instruiu a moça para que afofasse a terra dos vasos de xaxim e saiu, dizendo que voltaria à tarde.

— Mas se acontecer qualquer coisa, me telefone logo — acrescentou.

*****

A clientela da floricultura era mais de turistas, principalmente por ser a única localizada no centro, bem no meio dos grandes hotéis da cidade.

Na época da temporada, o balneário recebia milhares de turistas, e aí a floricultura funcionava direto, todos os dias; mas fora do verão, o movimento caía; nos "grandes dias" eram dez ou doze clientes.

As flores vinham de Barbacena, cidade mineira que as exportava até para os Estados Unidos; e vez ou outra chegavam plantas de vaso, porém, a maior parte delas era cultivada na chácara de dona Arlete.

*****

— Dona Arlete veio falar comigo para saber o que aconteceu — informou Zé Santos ao entrar na loja —, e recontei como tudo se passou. Como esse povo aumenta as coisas, sô!

— Foi dona Olga que inventou tudo isso!

— Aquela ali é a rainha do tititi — riu-se Zé Santos. — Mas nem falei a minha opinião pra ela, Regina.

— !?

— Acho que o cara que fugiu saiu daqui da floricultura.

— Bem, Zé, se ele esteve aqui, não tocou em nada, tá tudo em ordem.

— Não falei disso nem na polícia, pois o que um cara iria fazer no meio das flores e de madrugada? — e saiu pensativo.

Enquanto conversava com Regina, seu olhar passeou pela lojinha toda e a única coisa que notara foi que o batente da porta não fora forçado, mas a chapa onde o trinco e a trava da fechadura entram estava com alguns arranhões novos: os riscos estavam brilhantes, sinal de que tinham sido feitos havia pouco tempo.

Sem dúvida, aquela porta fora forçada por alguém muito habilidoso, mas Zé Santos ficou calado para não assustar a moça; mais tarde voltaria para outra conversa com ela.

*****

Na prateleira mais alta havia oito vasos com plantas.

Regina retirou três xaxins do alto, colocando-os, um a um, na mesinha, e com uma pá bem fina foi soltando a terra — com a terra fofa a água chegava melhor às raízes.

Recolocou aqueles vasos na prateleira e baixou outros três; as jiboias estavam bonitas e ela começou o trabalho passando uma esponja úmida nas folhas, delicadamente.

Quando foi afofar o segundo xaxim, percebeu que o bloco de terra estava solto do vaso, o que era estranho, pois dava a impressão de que alguém descolara o torrão de terra das paredes do vaso.

Usando sua pá com habilidade, foi levantando o bloco de terra devagar – e quando deu para ver o fundo do vaso, seu coração disparou e o ar lhe faltou.

Dois pacotes de plástico com dinheiro, um ao lado do outro, repousavam ali.

Esforçou-se até conseguir respirar, encheu seus pulmões com todo o ar do mundo e olhou de novo: dois pacotes de notas, embrulhadas em plástico, o mesmo plástico fininho que usava para cobrir as caixas de flores...

Regina era uma estátua: na mão direita sustinha a jiboia acima do vaso; a mão esquerda se apoiava na mesa para que Regina não desabasse, já que suas pernas tremiam como se estivesse dentro de uma geladeira.

Instantaneamente, um *flash* disparou em seu cérebro: ali estava a explicação daquela tremenda balbúrdia que se dera de manhã. Agora entendia o porquê daquela terra embrulhada no jornal e daquele pouquinho sob as prateleiras dos xaxins.

Como estava de lado para a porta da loja, Regina podia ver se alguém iria ou não entrar. Então, aproveitou a falta de clientes para recolocar o torrão de terra cuidadosamente. Soltou um pouco da terra só por cima e utilizou o borrifador para molhar as folhas da planta; mesmo que o dinheiro estivesse envolto em plástico, não queria correr o risco de molhar as notas.

Voltou a passar a esponja nas folhas, uma operação lenta e mecânica; sua cabeça girava a mil por hora.

Não poderia recolocar aquele xaxim na prateleira; e se um cliente se encantasse por ele?

Quando uma planta de vaso estava com um problema qualquer, o xaxim era pendurado no banheiro, bem próximo ao basculante – pegou um prato com correntinhas, colocou o vaso nele e o "xaxim milionário" foi para o banheiro.

Dona Arlete não voltaria mais naquele dia, mas, e na terça-feira, deveria contar-lhe? Aí, teria de falar da porta aberta... E se omitisse esse detalhe e só dissesse que achara o dinheiro?

Bem, o dinheiro a levaria à polícia, pois era mais do que certo que dona Arlete fosse falar com os homens da Lei, mas eles interrogariam a pessoa que encontrou o dinheiro... Isso levou Regina a pensar se conseguiria manter a sua versão sobre aquilo tudo.

Era evidente que não; a polícia sabe como interrogar uma pessoa.

Se fosse até a polícia, iria ficar conhecida, e o homem que a vira sentada na mureta fatalmente a reconheceria, e daí a acharem que ela estava combinada com o ladrão seria um pulo, afinal, ele não arrombara a porta da loja. E se a polícia não acreditasse que ela não vira a placa da moto?

– Meu Santo Expedito, socorrei-me! Não posso perder este emprego!

2

OUTRA INVASÃO NOTURNA

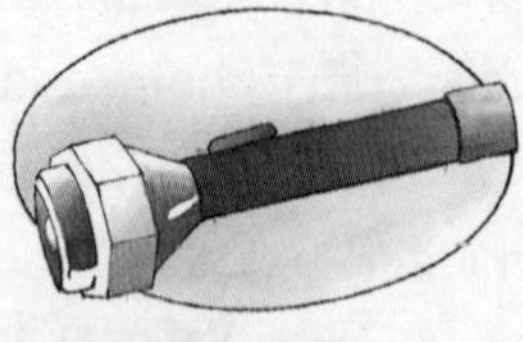

Já na metade daquela manhã, o movimento de pessoas passando pela galeria aumentou, com gente indo e vindo, olhando as lojas sem entrar – era a consequência da "muvuca" daquele início de semana.

No horário do almoço, Regina foi com Ademir até um quiosque no calçadão da praia que aceitava vale-refeição, pedindo o X-Tudo de sempre com refri – o papo que rolou tinha que ser sobre o ocorrido, Regina sempre insistindo na mesma versão: chegara depois da confusão.

Num dado momento quis falar sobre seu "achado", precisava dividir aquilo com alguém, mas acabou por se segurar e não disse nada.

*****

Voltaram para as lojas onde trabalhavam e sentiram que agora havia mais gente em circulação por ali, óbvia consequência do noticiário da rádio sobre o episódio.

Dona Arlete passou pela loja às 13h35, conferiu as vendas da manhã – duas dúzias de rosas vermelhas, três violetas, uma

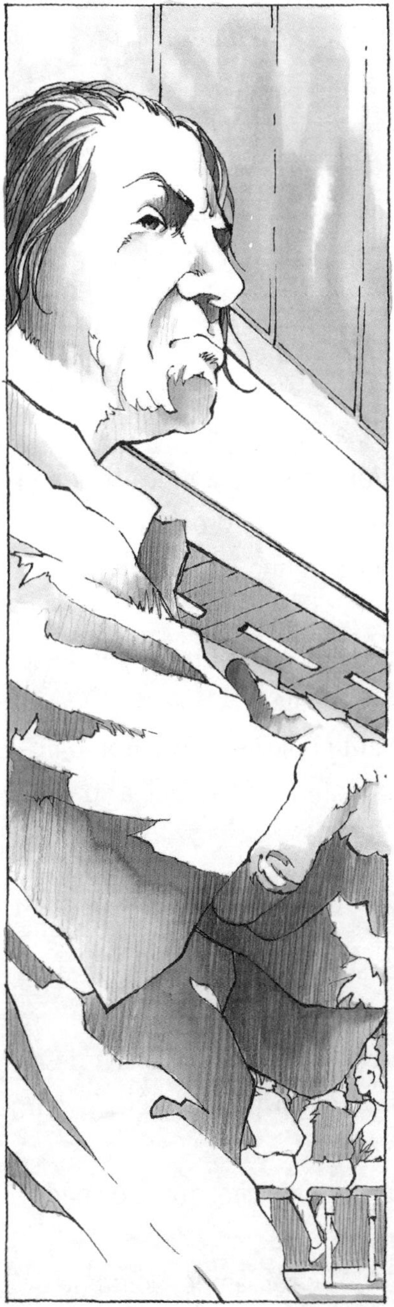

orquídea e um vaso de espada-de-são-jorge –, saindo pouco depois.

Na papelaria, o movimento era bem maior, ainda que fosse pequeno: os escritórios do centro costumavam comprar ali, tudo coisa miúda, mas o suficiente para segurar Ademir por lá.

A moça viu um homem se aproximando, moreno claro queimado de praia, baixo, meio louro, e sentiu que viria para a floricultura; ele parou diante da loja antes de entrar, como se estivesse conferindo que aquele era seu destino.

– Boa tarde! – cumprimentou, antes de passar a examinar flores e plantas.

Mesmo com pouco tempo de loja, Regina já sabia que ele não iria comprar nada.

O que ela não percebeu foi que o "cliente" concentrou suas observações nos xaxins com jiboias, exatamente os que estavam nas prateleiras mais altas.

– Essa planta vende muito?

– Varia. Elas são mais adequadas para casa, mas há quem goste de tê-las nos seus escritórios. O verde delas é bem forte, crescem muito, e o rajado de suas folhas produz um efeito muito bonito.

– E custam caro?

– Não, cada xaxim destes sai por vinte reais.

– Cê podia me ver aquela ali, a da beirada?

Usando uma escadinha de dois degraus, a moça baixou a planta e o homem se pôs a examiná-la sobre o balcão:

– Talvez aquela outra seja mais bonita – disse, indicando o xaxim do meio.

Ela recolocou um lá em cima e desceu o outro; repetiu isso com o terceiro, que já era uma samambaia.

– Alguém comprou dessa planta hoje? – perguntou o homem, depois de examinar o vaso por alto. – Cê trabalha sozinha aqui, né?

– Não, tenho outra colega – Regina sentiu que devia tomar cuidado com suas respostas. – Mas ela me disse que uma turista levou uma jiboia. O senhor não quer levar uma daquelas ali?

– Não sei, moça – ele não conseguiu disfarçar seu desapontamento. – Vou falar primeiro com a patroa. Cê não tem outra daquelas por aqui?

– Não. Aqui só ficam essas aí da prateleira, quando vendemos três a dona traz mais da chácara.

– É, mesmo assim... Obrigado – e foi saindo, voltando-se

antes de chegar à porta. – Cê num sabe se estão precisando de um balconista ou de um vigia por aqui?

– Olhe, quem pode saber é o porteiro – respondeu a moça para encerrar a conversação, pois ela estava cada vez mais certa de que aquele "conversê" todo era mais para "encher linguiça" e começou a rezar para o homem ir embora. Foi aí que percebeu que ele não tinha dois dedos na mão direita.

– E aí, morena!? – Ademir se anunciou lá da porta, onde se plantou como se estivesse olhando para a galeria, o sujeito vigiado pelo canto dos olhos.

O homem não se deu por achado, mas ainda assim passeou os olhos pelas prateleiras, e se ia dizer alguma coisa, desistiu, pois duas senhoras entraram conversando animadamente.

– Bem, moça, obrigado pela sua atenção – e o "cliente" saiu, passando rente a Ademir.

O rapaz se afastou um pouco, mas deu uma piscadela para Regina antes de voltar para a papelaria.

*****

Regina atendia as duas senhoras, mas na sua cabeça uma ideia estava bem nítida: aquele homem que saíra dali estava atrás do dinheiro, fora ele quem escondera os pacotes no xaxim da jiboia.

No corredor da galeria, o tal homem caminhava lentamente em direção à saída para a praia; não queria aceitar o triste fato de que alguém tivesse comprado a tal planta. Ele não era muito inteligente, mas a informação de que "uma turista" a comprara queria dizer que não era possível localizar a pessoa.

Embora não pudesse contestar o fato, seu cérebro se recusava a aceitar que ele correra todo aquele risco para ficar sem o dinheiro. Como alguém comprara justo aquela planta?!

Teria que "dar uma geral" na loja... Quem sabe ele não se enganara a respeito da planta? Afinal, trabalhara no escuro, bem que poderia ter "malocado" o dinheiro num outro vaso.

Tinha plena consciência de que cada minuto a mais de permanência na cidade aumentava o risco de ser encontrado, mas não havia outra solução, não poderia entrar na loja, amarrar a moça e revistar tudo; alguém o veria, que dúvida! Só lhe restava mesmo esperar a madrugada para ir conferir vaso por vaso.

*****

O prédio da Galeria Fenícia, bem no centro da cidade, além de ser um tanto antigo, fora construído de modo bem especial: no térreo

estava a galeria, com pequenas lojas iguais à da floricultura, poucas ocupando o espaço de duas, como no caso da papelaria; no 1º andar havia escritórios e consultórios maiores que as lojas; e do 2º ao 10º, apartamentos residenciais de um ou dois quartos.

Pelo fato de a galeria ligar a rua principal com a praia, era muito utilizada pelos que moravam nas cercanias e pelos turistas dos dois hotéis mais próximos.

Paulo Otávio, um velhote simpático, "gente muito fina", era o porteiro do dia.

Já estava quase no horário de ir embora quando seu Almeida, o síndico, chegou e foi ter com ele para saber o que ocorrera.

– Cê podia tá por aqui às duas da tarde? – perguntou, depois de ouvir a narrativa. – Quero acertar com você e Paulo Otávio um novo esquema de trabalho, será coisa de meia hora, no máximo – e, ante a aquiescência de Zé Santos, deu-lhe um vale-refeição.

Por esse motivo é que Zé Santos estava na porta da galeria quando "o visitante" da floricultura se aproximou, querendo saber se havia emprego ali.

– Mermão, acho que não, pelo menos ninguém bateu pra mim. Cê sabe, né, a coisa tá braba, tá todo mundo batalhando, e quando pinta uma vaga, os donos trazem alguém da família ou um conhecido...

– É, cara. Tá uma zorra. O queu tenho andado pelaí num tá escrito, se fosse de andar depressa, já tinha acabado com esse tênis... Mas tô precisando de um trabalho, topo qualquer empreitada.

– É, tá russo... Mas não custa a gente tentar. Cê traz xerox da carteira de trabalho e da identidade e duas referências de gente conhecida, sabe!? Comerciante, proprietário, gente com grana. Aí eu mostro pro síndico. Pode não ter aqui, mas ele pode saber onde tem, sacô?

– Ô, camaradinha, me ajude queu tô a perigo!

O homem pareceu ganhar vida nova com aquela ajuda, entusiasmou-se e fez uma série de perguntas: quantas lojas, quantos empregados no condomínio, horário da faxina, se o vigia andava armado, como fazer com as cartas, e por aí foi. Perguntou tanto que Zé Santos acabou até por desconfiar daquele interesse – e vai daí que "fotografou" o indivíduo enquanto ia deixando de responder uma ou outra pergunta.

Mas a "fotografia" foi boa: moreno claro, alourado, entre vinte e cinco e trinta anos, fisionomia preocupada, olhar agitado, sem dois dedos na mão direita, magrinho e baixo.

Finalmente o homem "se tocou", agradeceu, disse que viria no dia seguinte e ganhou a rua.

O que Zé Santos não percebera é que ele "dera a ficha" da galeria.

*****

Na reunião com seu Almeida, acertou-se que Paulo Otávio continuaria das 10 às 18 horas como porteiro; o síndico disse que estava contratando uma pessoa para pegar das 18 às 2 horas como vigia; e Zé Santos ficaria das 2 às 10, com as mesmas funções que desempenhava até então.

Mas o melhor de tudo é que Zé Santos teve um aumento de trinta reais!!!

– Então, tá tudo certo – concluiu Almeida –, esse esquema começa hoje mesmo, já conversei com o Osmar, que vai ser o terceiro e só vou confirmar para que ele chegue aqui às 17 horas, com tempo pra que você, Paulo Otávio, passe as dicas do serviço.

– Tá combinado, chefia!

*****

Aproximando-se a hora de fechar a loja, Regina teve uma ideia: pegou a jiboia do banheiro e foi até a papelaria.

– Ademir, dá procê me fazer um favor?

– Dois, três, até dez, morena!

– Essa jiboia tá meio caída, acho que se ela tivesse mais ar, melhoraria – explicou a moça.

– E em que eu lhe faço o favor?

– Coloque a planta numa prateleira aqui, o ar tá mais puro, o espaço é maior. Quando a gente chegar amanhã, pego a pobrezinha.

– *Personal Doctor* de plantas às suas ordens! – e o rapaz colocou o xaxim no alto de uma prateleira encostada na parede da direita.

Regina ficou superfeliz, pois aquela prateleira não era visível para quem passasse pela galeria.

– É só isso, morena?

– Poxa, cara, obrigadérrima, aí ficou uma belezura!

– Que bom! Cheguei a pensar que teria que ficar à noite do lado dela, fazendo ventinho com um abanador – e deu uma de suas boas risadas.

– Ademir, não fica inventando ideia queu acabo topando – rebateu a jovem, sorrindo para ele, um cara sempre bem-humorado.

*****

Na Relojoaria do Luiz o relógio da vitrine marcava 1h05 quando o "homem de três dedos" passou – estava todo de preto e usava até um gorro escuro, desses de marinheiro, carregando uma lata de meio galão.

"O mané daquele vigia deve tá com um pouco de sono", seguia pensando, "vai ser moleza assustar o bicho".

Entre o prédio da Fenícia e o outro, o de um restaurante, existia um corredor que ninguém utilizava porque ali ficavam alguns tonéis de lixo, dos quais os restos de comida exalavam um cheiro nada agradável, por mais que lavassem o local. E para que não pareça exagero, o corredor recebera o apelido de Beco da Fome: era assim que o pessoal da terra o chamava.

Três Dedos planejara armar um barulho lá do lado da praia para atrair a atenção de Zé Santos e, usando o corredor, forçaria a porta do outro lado novamente e chegaria à floricultura sem ser visto – naquela lata que carregava estava a sua "armadilha".

*****

Zé Santos chegou à 1h40 para conhecer o novo colega.

– Seu Almeida me falou docê – disse Osmar. – Aqui tá tudo em ordem, só apareceu um cara lá pelas sete da noite perguntando por você.

Um sinal de alerta soou para Zé Santos.

– Um baixinho, magro? – perguntou para conferir o que estava imaginando.

– É, um cara com apenas três dedos na mão direita.

– Esse cara teve procurando emprego aqui na parte da tarde. Vai ver que veio trazer os documentos dele, coitado!

– A barra não tá moleza!

– Tá braba a coisa, meu – concordou Zé Santos, que deixou de conversa mas não de ficar bem atento.

Mais uma coisa aqui, outra ali, e Osmar foi para casa.

Lá no calçadão, sem ser visto pelos dois, "Três Dedos" observava tudo.

Zé Santos foi dar uma ronda pela galeria, conferiu todas as portas das lojas, examinou se a outra porta da galeria estava fechada e voltou para seu posto na portaria, instalando-se do lado de fora do balcão, de onde poderia controlar as duas entradas.

*****

Três Dedos caminhou pelo calçadão, passou defronte à galeria e viu Zé Santos sentado depois da escada.

Foi bem adiante e voltou pela calçada que dava acesso à galeria; ninguém à vista. Colocou a lata encostada no limite da porta, de modo que o vigia não a pudesse ver, instalou um estopim bem longo e acendeu-o.

Em seguida, subiu correndo pelo Beco da Fome e foi se postar ao lado da outra porta; recuperou a respiração e, agachado para não ser visto por Zé Santos, começou a trabalhar na fechadura da porta.

Quando o fogo do estopim atingiu a lata, deu-se uma pequena explosão, e foi labareda para todos os lados – a lata continha gasolina.

*****

Zé Santos estava pensando nos acontecimentos daquela segunda-feira quando ouviu a explosão.

Com o susto, caiu da cadeira, mas levantou-se com agilidade e lançou-se à calçada.

Três Dedos viu tudo lá do outro lado da galeria e, aproveitando-se da saída do vigia do seu posto, entrou no prédio, fechou a porta sem ruído e partiu rumo à floricultura, cuja porta abriu em poucos segundos – uma vez lá dentro, teve o cuidado de fechá-la novamente por dentro, o que lhe deu mais trabalho do que abri-la –, e deitou-se atrás do balcão, numa posição que lhe permitia ver a galeria pelos vidros da frente.

Algumas pessoas passaram em direção à praia, moradores acordados pelo barulho da explosão; "Três Dedos" permaneceu deitado; iria ficar ali até que tudo serenasse.

Ele não entendia o que as pessoas falavam, mas podia jurar que comentavam sobre o estrondo. Viu-as se dissiparem e ficou esperando que o vigia viesse examinar as portas das lojas.

Não deu outra: Zé Santos passou pela vidraça e encostou-se nela, olhando para dentro. Experimentou a porta e seguiu em frente.

Três Dedos desta vez tomara a precaução de também trancar de novo a porta da galeria, de modo a não levantar suspeitas por parte do vigia.

Zé Santos voltou alguns minutos depois, deteve-se diante da vidraça da floricultura, olhou para dentro demoradamente e, não tendo visto nada de estranho, seguiu para seu posto.

Bom, tudo correra como Três Dedos planejara, era hora de agir. E procedeu ao exame detalhado de todos os vasos de xaxim, retirando-os cuidadosamente das prateleiras. Sobre o vidro do balcão, fuçou a terra de cada um meticulosamente, levantou planta por planta, até chegar ao fundo dos vasos, mas nada dos seus dois pacotinhos de dinheiro!

Terminando com os vasos, deu a sua "geral" na loja, *freezer* e banheiro inclusive, e nada de nada.

– A morena não mentiu, alguma turista imbecil comprou a titica daquela planta! – concluiu, derrotado. – Agora, só me resta conseguir escapar de Pé de Pau – e cumprimentou-se por ter ficado com cinco mil reais daquela grana, o que lhe permitiria mandar-se dali, não como ele planejara, mas, pelo menos, vivo.

*****

Três Dedos e Zé Santos não eram as únicas pessoas acordadas naquela madrugada devido a preocupações. Entre um bando de insones, Pé de Pau rolava na cama sem conseguir as bênçãos de um sono reparador: sua raiva era tremenda, mais pela ousadia do seu coletor de dinheiro das bancas do bicho – Lixeiro era sua alcunha – do que mesmo pelo valor roubado.

– Amanhã vou botar vigilância naquela tal de Galeria Fenícia... Esses burrões não pensaram nisso... Preciso cuidar de tudo eu mesmo. Tenho de achar esse maldito Lixeiro e fazer esse miserável suar sangue até abrir o bico. Tem que ser com muita dor – e bebeu alguns goles de conhaque diretamente do gargalo da garrafa, o que acabou por fazer o sono chegar.

*****

Três Dedos, ou melhor, Lixeiro, voltou para trás do balcão, agora pensando em como fugir da cidade.

Às 5h10 resolveu sair, precisava cuidar da sua vida; não seria difícil, avaliou.

Abriu a porta cautelosamente e, não vendo Zé Santos lá no corredor, encostou-a seguindo na outra direção, colado à parede. Forçou a fechadura mais uma vez, abriu a porta o suficiente para passar para fora, mas um vento mais forte e repentino fez com que ela voltasse, batendo no portal – nem passou pela cabeça de Lixeiro ficar para ver o resultado, correu o mais que conseguiu, rua afora.

Zé Santos estava atrás do balcão da portaria quando aquele barulho da porta batendo atingiu-o imediatamente; num salto já estava correndo para a porta de trás.

Abriu-a. Ela estava só no trinco, mas... Decepção: a rua estava deserta, nem gatos nem cachorros. Fora derrotado fosse por quem fosse.

Trancou a porta, conferiu que estivesse bem fechada e foi direto e reto para a floricultura: a porta estava aberta... Desta feita, tinha a certeza de que alguém entrara ali, pois antes a porta estava trancada, ele mesmo a experimentara.

Muito bem, chegara a hora de levar uma conversa séria com Regina, antes de qualquer outra providência.

3

Devolvendo o dinheiro

Regina chegou antes de Ademir e descobriu que a porta da sua loja estava aberta. Ficou com medo, claro, mas foi conferir as portas da papelaria – as duas estavam fechadas. Então, em lugar de entrar na loja, foi até Zé Santos.

– Bom dia, Zé!

– Deus queira que seja, pois a madrugada não foi!

– Mais confusão aqui? – perguntou, sabendo que alguma coisa tinha acontecido.

– É, confusão quente – e contou-lhe sobre a lata, olhos fixos na moça.

– Ai, meu Deus! Tô ficando com medo... A porta da loja estava aberta, nem tive coragem de entrar. Sei que fechei ontem.

– Vamos até lá, Regina. Tô mesmo querendo levar um lero com você.

Foram, entraram na loja, Zé Santos na frente, foi direto para acender as luzes da floricultura e depois examinou tudo, inclusive o banheiro.

– Pode se acalmar, tá tudo limpo... Só tem um pouco de terra sobre o balcão. Mas que teve alguém aqui nesta madrugada, isso teve!

– Mas quando saí ontem, deixei tudo limpo, tudinho arrumado... Esta terra aí só pode significar que alguém esteve aqui depois queu saí. Será que dona Arlete veio aqui?

– Regina, vamos conversar numa boa – Zé Santos sacou que a moça estava um tanto perdida diante daquilo tudo. – Alguém, queu não sei quem é, armou a zorra pra entrar aqui, exatamente na sua loja. Armou e me enrolou todo. O quié que tá acontecendo?

– Zé, é tudo meio maluquete, não dá nem pra acreditar – Regina estava assustada, dava para ver no seu olhar. Mas ali, só os dois, decidiu que precisava contar tudo a Zé Santos.

– Sua jiboia, morena! – Ademir chegou com o xaxim.

– Pois a razão disso tudo tá aí nesse vaso – confessou a jovem.

– Cara, feche sua loja e venha cá – comandou Zé Santos, colocando o xaxim sobre o balcão.

Ademir franziu o cenho, mas fez o que o outro sugerira e voltou, colocando-se ao lado da porta, em condições de observar a galeria.

– Regina sabe de um rolo e vai contar pra gente o que tá se passando.

E a jovem contou, gaguejando muito, nervosa até não poder mais no início da narrativa, mas reassumindo o controle no desenrolar da história.

– ...E o dinheiro tá nesse xaxim!

Ademir foi até o balcão e tentou levantar a planta, no que foi socorrido pela jovem, que lhe passou a pá fininha.

Ele e Zé Santos ficaram de boca aberta quando viram o dinheiro e, imediatamente, olharam espantados para Regina.

– Quanto é que tem aí?

— Sei lá! Nem toquei nesses pacotes!

— Pois tá na hora de contar, morena — e passou o vaso para ela. — Vai lá no banheiro.

Aquele xaxim pareceu-lhe de chumbo, um peso descomunal, mas mesmo assim ela seguiu para o banheiro, de onde regressou alguns minutos depois, pálida e a-pa-vo-ra-da!

— São cinquenta e oito mil reais! — uma fortuna para todos eles, um montante que nunca sequer tinham sonhado em ver.

— Esse dinheiro não é boa coisa — comentou Zé Santos assim que recuperou a calma. — Acho melhor cê ficar com a planta, Ademir. Já vieram procurar aqui, Regina deu uma de gênio dizendo que ela foi vendida para uma turista. Mas acho que não devemos arriscar com a sorte, e a planta ficando lá com essa grana amoitada, é mais seguro.

— Sem problema, só que então vou botar a bicha no depósito, um dos banheiros virou depósito e só quem entra ali sou eu... E ninguém iria procurar uma planta numa papelaria.

— Quando largar o serviço vou dar uma assuntada pelaí — decidiu-se Zé Santos —, afinal cinquenta e oito mil é muito capim pra sumir sem bronca, disso eu manjo.

*****

Zé Santos retornou no final da tarde e quando conseguiu que Ademir viesse para perto, assumindo "seu posto" encostado na porta, começou seu relato: aquele dinheiro devia ser de Pé de Pau, o dono do jogo do bicho na região e que fora roubado por Lixeiro, o encarregado de recolher a féria das bancas da cidade no final de cada dia.

– No último sábado ele fez a coleta normalmente e desapareceu. A quadrilha já virou a cidade pelo avesso e nada dele, parece que a terra engoliu o danado... Mas a confusão de ontem aqui foi com ele.

– Cumé que cê sabe? – Ademir não entendeu.

– Lixeiro só tem três dedos na mão direita!!!

Regina deduziu que estivera com Lixeiro, o cara que disse pretender comprar um vaso de planta! Zé Santos falara com ele, sobre emprego!

Como somente Regina estava dentro da loja, praticamente eles conversavam na galeria, e quando alguém se aproximava, mudavam a conversa.

– Meu Deus! Temos de sumir com esses pacotes! – Regina estava superassustada.

– Sumir não vai ser uma boa, pois eles continuarão procurando pelo dinheiro. Temos é que devolver; Pé de Pau precisa acreditar que o dinheiro tá sendo devolvido.

– Mas não podemos chegar pro Pé de Pau e dizer "taqui seu dinheiro"! – Ademir estava acompanhando o raciocínio de Zé Santos, mas também encucado em como fazer aquilo.

– Claro, cara. Vamos bolar como fazer essa mágica – e foi com Ademir e o vaso da jiboia para a papelaria.

*****

Pé de Pau fora pescador antes de se meter a banqueiro do bicho e, talvez por isso, conservava uma peixaria próxima ao mercado de peixes, bem defronte ao atracadouro dos barcos de pesca, o que, no seu entendimento, era um disfarce conveniente.

Sua inteligência não era lá essas coisas, pois todo mundo

na cidade sabia que ele era o dono do bicho na área, aquele "disfarce" era uma piada.

Seu "escritório" ficava no andar de cima; era dali que ele operava a jogatina.

Perdera a perna em alto-mar quando uma corda se enroscou nela na tirada da rede. Estava sozinho no barco e teve de fazer um torniquete na própria coxa para reduzir a hemorragia; assim, conseguiu levar seu barco até a entrada do braço de mar que emendava com o mangue, onde ficava o atracadouro e bateu ali, desmaiado.

— Era um cara durão — Zé Santos comentou com Ademir — e hoje é pior do que cobra venenosa, traíra e perverso, a começar por ele próprio: mandou fazer aquela maldita perna de pau dos tempos de antigamente, o que o torna mais horrendo.

Era isso mesmo: em lugar de colocar uma perna me-

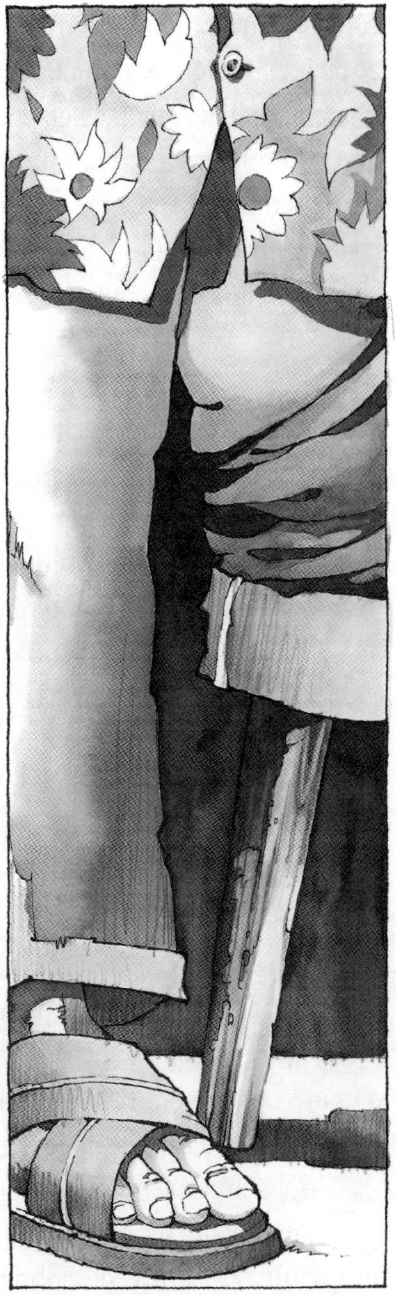

cânica, uma prótese moderna e mais discreta, mandara fazer aquela coisa horrível, igualzinha às que eram usadas pelos piratas; grandalhão, sua pele era curtida pelo sol, cabelos compridos que não tinham lá muita intimidade com o pente, um bigodaço, barba sempre por fazer e um desagradável canino de ouro – em resumo, uma figura tétrica, de meter medo em criancinhas nas histórias que eram contadas pelas diligentes babás.

*****

Zé Santos foi para casa, passando antes pela rua da peixaria de Pé de Pau: na calçada fronteira existia um orelhão, e a peixaria tinha portas para as duas ruas.

Mas o vigia olhou tudo de passagem, o plano ganhando forma na sua cabeça. E não parou de pensar no que fazer – no seu turno de serviço, o plano estaria quase pronto.

Lá pelas tantas, resolveu abrir a porta para respirar a brisa que vinha da praia e notou dois homens sentados num banco do calçadão, o que era estranho por serem já 2h15, mas turistas são bastante estranhos às vezes, foi o que pensou.

Voltou para seu posto, trancou a porta e resolveu dar um giro até o outro lado; encostados no muro da casa em frente, outros dois homens – era muita gente para aquela madrugada.

Voltou normalmente para a portaria e desligou a iluminação daquele trecho: um dos homens do banco levantou-se e veio até o meio-fio, olhando para a galeria.

Foi só acender as luzes que ele voltou para o banco.

– Estamos sendo vigiados – deduziu.

Pé de Pau colocara seu esquema em funcionamento, mas, felizmente, Zé Santos descobrira a trama.

E daí?

O que poderia fazer com essa descoberta?

*****

Ademir veio mais cedo naquela quarta-feira, chegando juntinho com Regina. Ficou na porta da floricultura um pouco e depois dirigiu-se para a papelaria.

– Tem carta pra papelaria lá na portaria – anunciou Zé Santos, que chegara sem fazer qualquer ruído. – Feche a porta e vamos até lá.

Mesmo estranhando aquele comportamento, o rapaz o seguiu.

– Não tem carta nenhuma, cara. Olhe discretamente... No banco do calçadão, aí bem em frente, tem dois homens.

– Tô vendo os pintas. E daí? – Ademir não entendera aquela informação.

– Tamos sendo vigiados, mané. Do outro lado estão mais dois. A coisa tá ficando mortícia, cara. Temos que devolver essa erva logo, mermão.

– Que temos, tô sabendo. Mas como?!

– Bolei um plano, é até meio bobo, mas acho que vai dar certo. Cê vai levar o dinheiro num pacote só, embrulhado num papel pardo, sem marca da papelaria... Vai ser na hora do almoço. Vô tá lá na Matriz, aí cê entra e eu explico como vamos fazer.

– A peixaria do Pé de Pau fica por ali, né?

– Bem pertinho.

– Issé mole pra mim!

– Também acho, só que pode não ser, cara. Vai lá na frente e marque bem a cara dos dois aí da rua. Se eles seguirem você, entre no banco. Se der 12h20 e cê não pintar por lá, é que cê tá no banco, e aí eu venho pra cá.

– E o que nós vamos fazer, Zé?

– Vamos comprar peixe, quero dizer, você vai comprar peixe!

– Eu?! Com que dinheiro, ô, meu?

– Ué! Tira cinquentinha do pacote, pombas!

– Legal! Se esse dindim não fosse sujo, bem queu tirava umas mil pratas...

– Ademir, dinheiro roubado não traz nada de bom, o bicho vem amaldiçoado. Passe pra Regina que nós vamos devolver o dinheiro, mas não explique muito pra que ela não se apavore. E nada de falar que a galeria tá sendo vigiada.

– 'Xá comigo, mermão!

*****

Encontraram-se na Matriz. Ademir tinha certeza de que não fora seguido, e Zé Santos, então, explicou como executariam seu plano.

– Legal, cara! Bem bolado! – entusiasmou-se Ademir.

Seguiram para a peixaria de Pé de Pau, Ademir na frente uns vinte metros.

Lá chegando, o rapaz entrou e, depois de examinar vários peixes no balcão frigorífico, pediu quatro quilos de cação.

– Dá pra cortar em postas?

– O chefe é que manda – respondeu o peixeiro simpaticamente.

Zé Santos estava no orelhão e, para disfarçar, fez que ia telefonar... Mas o aparelho estava mudo!

Ademir deixou o pacote no balcão de propósito, bem no canto da parede, enquanto o peixeiro limpava o cação.

Zé Santos precisava fazer de conta que estava tentando telefonar, por isso continuou insistindo naquele aparelho, mas o miserável continuava mudo, mudinho.

O peixeiro pesou o cação: 4,5 kg, e embrulhou-o num plástico.

– Taqui seu peixe, moço. Vou refrescar meio quilo.

– Pô, cara, legal. Quanto é quié?

– Vinte e quatro!

Ademir deu-lhe três notas de dez reais, recebeu o troco e ia saindo quando o peixeiro gritou:

– Ei, cara! Cê tá esquecendo seu pacote!

– Pô, que roubada! – felizmente o rapaz teve presença de espírito para disfarçar: – É o remédio da velha, se esqueço aqui ela ia me esfolar!

– Não gosto de ver nada esquecido aqui. Depois a pessoa vem procurar, mas um outro freguês já levou e a gente é que fica com fama de ladrão! – acabara a simpatia do peixeiro.

Zé Santos continuava no orelhão e, por isso, não vira o desfecho da tentativa de Ademir.

– Ei, camarada! Te manca que essa porqueira tá enguiçada, mané! – era o peixeiro, solícito a seu modo. – Tem orelhão lá na Matriz, ô, panaca!

*****

Saíram dali, cada um no seu caminho, subiram a rua do *shopping* lado a lado, sem trocarem um alô que fosse, salvo o aviso de Ademir:

– Deu caca, mermão. Melô tudo.

*****

Já de volta à floricultura, Regina ficou sabendo do fracasso do plano, o que não a deixou mais calma.

– Segurai, morena. Quebramos a cara, poxa! – embora decepcionado, Ademir queria demonstrar coragem, queria partir para outra como bom otimista que era. – Fique com esse troco. E o que vamos fazer com o peixe queu comprei?

– Cê esconde o dinheiro de novo, cara – Zé Santos assumira a liderança. – Quanto ao peixe, vamos dividir, sô!

– Nem quero ver esse peixe roubado! – Regina continuava assustada.

– Mas que roubado, que nada, moça! Foi comprado por uma boa causa – humor era com Ademir, até humor negro. – Maloca esse bicho aí no *freezer* que a gente divide na hora de sair.

– Bem, minha parte levo agora, que tô indo embora – para Zé Santos, não era hora de marcar bobeira. – E deixa de frescuras, dona Regina, e leva sua parte.

E ele e a moça foram dividir as postas de cação em três partes iguais.

4

EXISTE UMA LEI DOS MARGINAIS

A vida de quem tem de trabalhar para sobreviver é dura.

Regina, dezessete anos, era uma bela mulata que só pudera estudar até o 3º ano na escola rural; depois de dois anos de uma terrível seca, com sinais de que iria continuar assim por muito tempo, seu pai trouxe a família para a cidade grande. Ele estava arruinado e não conseguiria viver lá na roça – para eles, aquela pequena cidade plantada à beira-mar era uma cidade grande, onde teve a tremenda sorte de conseguir um emprego de faxineiro num restaurante; sem carteira assinada, ganhava menos de um salário mínimo, mas, vez por outra, vinha com comida que sobrara.

A mãe de Regina era faxineira nas casas e conquistou quatro freguesas para lavar-lhes a roupa; seu irmão de quinze anos, analfabeto, era ajudante de lavador de carros na rua, trazendo sempre uns trocados para casa; Regina tinha mais um irmão de dez anos e uma caçulinha de sete, os únicos que estavam na escola.

Regina também fora à luta: começou como babá e depois passou a ser faxineira, e acabou conseguindo fazer faxina na casa de dona Arlete. Gostava muito de plantas e cuidava das que havia ali com jeito e carinho – um belo dia, sua patroa perguntou se ela gostaria de trabalhar na floricultura, a moça que estava lá decidira sair para cuidar do bebê que iria ter.

A garota aceitou na hora e passou duas semanas aprendendo o serviço, até que a outra funcionária se foi de vez.

Dona Arlete lhe dava vale-refeição na segunda, para a semana, e acertou que o pagamento seria mensal; deu-lhe algumas roupas, o que veio em boa hora.

A vida de Ademir, por outro lado, era bem mais confortável, ainda que tivesse enfrentado uma tragédia: seus pais morreram num acidente de carro, e ele morava com a irmã, casada e com dois filhos pequenos; seu cunhado, Eriberto, era o dono da papelaria e de uma lojinha de queijos e vinhos; era uma pessoa espetacular e quase não vinha na papelaria, exceto aos sábados à tarde, quando fechava as contas da semana com Ademir, preparava os pedidos de artigos e analisava os acontecimentos da semana.

Aos dezoito anos, Ademir estava na 1ª série do Ensino Médio, e o cunhado o incentivava para que cursasse Administração, com o compromisso de uma sociedade na papelaria.

Ganhava dois salários, com os quais comprava suas roupas, material escolar e cobria seus fins de semana – o que sobrava transformava em presentes para os sobrinhos, que o chamavam carinhosamente de tio Mi.

E Zé Santos? Este era mais um lutador na vida: pai negro e mãe índia, era cafuzo ou caboré, como se dizia lá no interior; aprendera a ler e a fazer contas na escola da vida, nunca entrara numa sala de aula.

Nos seus vinte e quatro anos já fizera de tudo: boia-fria na colônia, estreou na cidade como ajudante de pedreiro, aprendiz de pescador, carregador de sacos na fábrica de farinha, camelô na feira, faxineiro, garçom de "boteco pé sujo" e, antes do emprego atual, vendedor ambulante de frutas — era caprichoso e quando parava seu carrinho defronte a um banco (os bancos eram sempre um bom ponto), ficava atento para recolher as cascas deixadas no chão pelos compradores, recolhendo tudo num saco plástico.

Foi esse detalhe que despertou a atenção de seu Almeida, que, um belo dia, perguntou se ele queria um emprego de faxineiro na galeria. Pouco mais de seis meses depois, o síndico lhe propusera as funções que atualmente desempenhava; já lá se vão três anos.

Esse trio tão diferente é que se encontrava às voltas com o dinheiro de Pé de Pau.

*****

Na manhã seguinte, quinta-feira, Ademir vinha pela ponte quando viu um ajuntamento de pessoas na amurada: um corpo boiava nas águas, sendo levado para o mar pelo vaivém da maré vazante.

Integrou-se ao grupo e viu que os bombeiros embarcavam no bote de alumínio para recolher o corpo.

Chegaram rapidamente, em meia dúzia de vigorosas remadas, firmaram uma corda numa das pernas do morto e ele foi rebocado até a margem do canal; suas costas mostravam três riscos vermelhos, de alto a baixo; o homem estava nu.

Dois outros bombeiros, de luvas e com máscaras, colocaram o corpo em terra, sobre um capinzinho ralo, a uns cinco

metros de onde o rapaz acompanhava a movimentação.

O silêncio dos assistentes daquela cena macabra era total, o que permitiu que muitos escutassem a voz do repórter da Rádio Guará: "Diretamente do canal, ao vivo, a sua Rádio Guará informa: o corpo de um homem acaba de ser retirado das águas pelos valorosos bombeiros da cidade. O homem está sem roupas; suas costas, peito e braços apresentam cortes profundos, o que pode indicar que foi torturado antes de morrer. O único sinal particular é a falta de dois dedos na mão direita!".

"Dois dedos! Era o homem da Galeria Fenícia!", Ademir pensou, ideias a mil.

Afastou-se devagar, caminhando normalmente até sair da ponte; dali partiu em desabalada corrida, precisava contar aquilo para seus dois amigos.

Antes de dobrar a última esquina, lembrou-se de que alguém poderia estar vigiando o local, então, para não levantar suspeitas, retomou a caminhada de sempre.

Foi direto falar com Zé Santos e, depois, de comum acordo, os dois se dirigiram para a floricultura.

Ademir repetiu seu relato, o que deixou Regina bastante nervosa.

– Regina, não se afobe agora! – começou Zé Santos. – Cê não deve nada a ninguém, nem a Pé de Pau e muito menos ao Três Dedos, que Deus o tenha – fez uma pausa sem tirar os olhos da moça e percebeu que ela ia conseguindo se controlar. – Agora seja firme, menina! A galeria está sendo vigiada.

– Ai, meu Santo Expedito!

– Morena, cê num vai ter um "piriquipaqui", né!?

– Não, Ademir. Tô só com muito medo.

– Eu também, moça – Zé Santos era sincero. – E é pra ter medo mesmo, não se brinca com Pé de Pau. E porque estou com medo, é que não posso dar bandeira, sacô? Se der, esses caras podem resolver me abotoar, e taí uma coisa queu dispenso, de coração, sabe? Acho que não vou ficar bem boiando pelado pelaí.

– Mas o quié que a gente pode fazer para acabar com isso?

– Aí é que a porca torce o rabo – Ademir estava sério, muito sério. – Tamos tentando descobrir o que fazer, nossa primeira tentativa deu chabu... Temos que sair pra outra.

– Minha cabeça tá quase derretendo de tanto pensar, gente. Mas acho que sei quem vai poder nos ajudar...

*****

A manhã correu sem qualquer confusão; os três lógica e

naturalmente tensos, cada um tentando descobrir uma saída para aquela situação.

Terminado seu horário, Zé Santos foi "dar um tchau" para seus amigos e foi embora, sem lhes dizer que pensava estar bem próximo de encontrar uma saída.

A tarde ia pelo meio, dona Arlete viera e já se fora, quando um homem entrou na loja; Regina diagnosticou de cara: não é um cliente!

– Boa tarde, moça! – e sem dar tempo para que ela respondesse, foi direto ao ponto: – Não esteve por aqui um camarada baixo, meio louro e magro? Um cara só com três dedos na mão?

– Acho que não! Eu me lembraria de uma pessoa assim... Quase só vêm senhoras aqui, sabe?! Estamos fora da temporada...

Sua presença de espírito fora sensacional, conseguiu não deixar transparecer nada de nada.

– Cê num ouviu falarem dele? Não aconteceu nada por aqui de diferente? Teve uma zorra na manhã de segunda?

O homem era uma máquina de fazer perguntas, mas, com tranquilidade, Regina respondeu dois "não" e falou de uns "boyzinhos" de moto, "provavelmente drogados", que invadiram a galeria.

Sustentou o olhar do homem, e, quando ele pediu desculpas por incomodá-la, a moça teve a elegância de soltar um "não foi nada".

Mas se ela soubesse que mais três pessoas estavam fazendo as mesmas perguntas nas outras lojas, talvez não tivesse tanto controle... E ficaria apavorada se descobrisse que eles não eram da polícia.

Foi até a porta para ver se falava com Ademir, mas ele estava com um homem lá na papelaria.

*****

No escritório de Pé de Pau, a conversa era mais crua e dura, ele e mais dois capangas:

– Quer dizer que Lixeiro não abriu procês?

– Abriu nada, chefe! Mesmo todo cortado, o miserável ainda ria da cara da gente!

– É, mas a cara docês é pra rir, mesmo.

– Pô, chefe, também num precisa acabar com a gente!

– Bem, no fundo daquela cabeça vazia, ele sabia que ia morrer de qualquer jeito... Mas cês podiam ter demorado um pouco mais, quebrar a raça do vagabundo pelo tempo – Pé de Pau falava devagar, como se concordasse com o desfecho produzido por aqueles dois.

– Pô, chefe! Aquele ladrãozinho sujo rindo na minha cara me deixou meio doidão da vida!

– Que doidão, que nada, seu infeliz! Cês são só burros, nada mais. É issaí: pra reis dos burros só faltam as penas...

– Chefe, corta essa! Burro não tem pena!

– Então, tá. Cês já são burros desde já! E, agora, cadê meu dinheiro? Cês dois vão me dar sessenta mil? Cês nem valem isso como adubo! E minha moral, pronde é quela vai?

– Ora, chefe. Todo mundo tá sacando que Lixeiro morreu porque roubou o seu dinheiro... A moral continua a pior possível.

– É, daqui a pouco qualquer moleque das ruas assalta uma banca e aí eu começo a me danar.

Pé de Pau bufava de raiva, sua vontade era matar aqueles dois ali mesmo.

Bateu com a testa por algumas vezes no tampo da mesa, o que era sinal de uma raiva feroz.

Os capangas não ousavam falar nada.

– Vou mais é dar um recado pro jornal! – passou a mão no telefone e discou um número depois de consultar uma agenda.

– *O Clarim*, boa tarde!

– Boa tarde uma ova! Bota aí nessa porqueira: quem tiver com o dinheiro do bicho que se cuide. Um já foi estripado! Entendeu? Estripado que nem um porco! – e desligou, quase quebrando o aparelho.

Bem, o recado fora dado, e o jornalista, se tivesse juízo, iria publicar que uma voz anônima dissera aquilo, embora todo mundo soubesse que só poderia ser coisa do Pé de Pau.

– Agora, vamos ficar de olho naquela tal de galeria, é nossa única pista – vociferou para os dois bandidos. – É pra ficar de olho, quero gente 24 horas por dia de olho lá. Já botei duas duplas por lá, agora montem o esquema certinho.

– Deixe com a gente que nós ficamos de butuca!

– Mas olhe aqui, infeliz, não é pra matar ninguém nem dar uns tapas, entenderam bem? Se descobrirem alguma coisa, é pra me avisar direto.

– O que a gente vai procurar, chefe?

Aquilo foi a gota d'água pro bicheiro: levantou-se num pulo, e o "perguntador da hora errada" ganhou um tremendo chute com a mortífera perna de pau do chefão.

Estatelado no chão, a canela doendo terrivelmente, o capanga deu-se conta de que Pé de Pau estava de pé bem em cima dele.

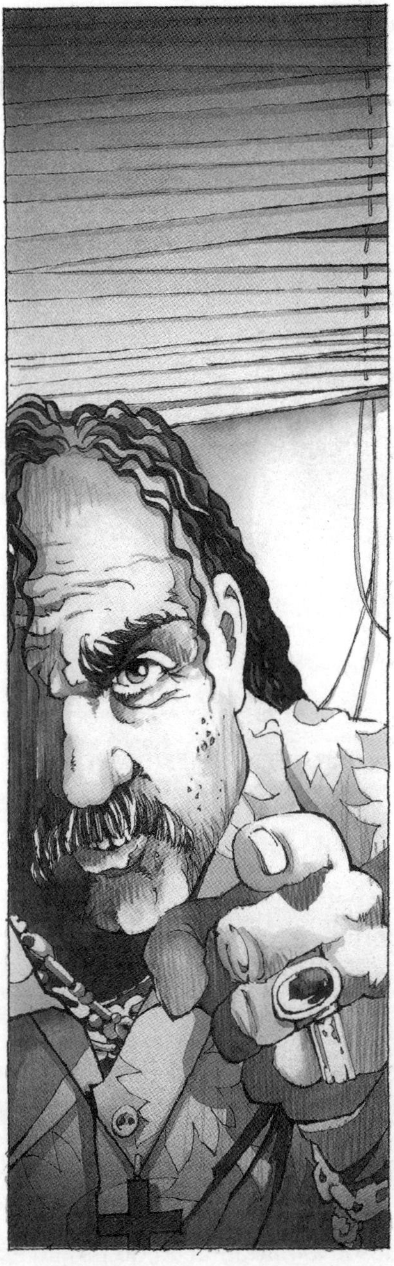

— Só não faço cê engolir essa perna de pau pra não sujar a coitadinha. Tira esse nojento daqui! — comandou para o outro, dando-lhe um bom tapa, que só não o fez sair voando pela janela pelo fato de estar sentado na cadeira.

— De olho 24 horas por dia nas duas entradas, sacaram?

O que fora "brindado" pelo tapa apressou-se a ajudar seu companheiro a se levantar e saíram dali o mais depressa que puderam.

Pé de Pau ainda foi na boca da escada e berrou lá para baixo:

— Essa é a lei de Pé de Pau; não fez legal, morre! Issaqui não é asilo de velhos!

5

E O TEMPO "ESQUENTA" UM POUCO MAIS

Madrugada de sexta-feira, silêncio total na Galeria Fenícia, até que o interfone se manifestou.

– Quem será a estas horas? – perguntou-se Zé Santos, atendendo ao chamado.

– É você, seu Zé? Aqui é do 603!

– Algum problema, dona Léo?

– Bobagem, seu Zé. É má *digestam!* (O pessoal de mais idade, principalmente em Minas Gerais, usava *digestam* em lugar de digestão.)

– A senhora tá precisando de alguma coisa?

– Já pedi pra farmácia dois remedinhos. É por isso que tô ligando, eles vão vir entregar agorinha mesmo.

– Que bom! Qual foi a farmácia, dona Léo?

– É a Droga Center.

– Pode deixar. Não se preocupe, assim que o rapaz chegar aviso pra senhora e faço ele subir logo.

– Obrigada, meu filho.

Dona Léo era uma velhinha simpática, parecia uma borboleta de tão delicada; morava ali desde a inauguração do prédio – era aquilo que encantava a vida de Zé Santos: poder ser útil em horas em que os moradores não contassem com ninguém.

Coisa de dez minutos e o *motoboy* chegou, Droga Center escrito no porta-embrulhos.

– Bota a moto pra dentro, cara – falou Zé Santos, depois de abrir a porta.

– É uma boa, cara. Não tá dando pra marcar bobeira – disse, agradecido, o rapaz, empurrando a moto para dentro ajudado por Zé Santos.

O vigia-porteiro-faxineiro interfonou para dona Léo dizendo que o rapaz estava subindo e este, depois de pegar o pacotinho no porta-embrulhos, trancou-o de novo, retirou a chave da moto e foi acompanhado por Zé Santos até o meio da galeria.

– O elevador fica ali na frente, e o 603 é pro lado direito, pertinho do elevador.

– Legal, cara – e foi para o elevador.

Ocorre que Zé Santos não fechara a porta direito: ajudando a empurrar a moto, puxou-a com o pé e ela bateu no portal, só que o trinco não encaixou na abertura do espelho do marco... A porta parecia fechada, mas não estava.

E como não estivesse, um sujeito entrou sem fazer barulho enquanto os dois caminhavam pela galeria, fechou o portão cuidadosamente e foi se esconder atrás do balcão da portaria.

Por isso, quando Zé Santos voltou para seu posto, não sabia que o indivíduo estava à sua espera e tomou um tremendo susto quando o cara se levantou empunhando um revólver:

– Bico fechado que vou levar a moto, mané.

*****

O elevador chegou ao térreo, o *motoboy* abriu a porta e,

quando olhou na direção da portaria para agradecer a atenção de Zé Santos, viu-o no meio do corredor com as mãos para o alto, rendido. Entrou rápido no elevador e apertou freneticamente o 6.

Pareceu-lhe uma eternidade, mas finalmente estava à porta do 603, apertando a campainha com insistência.

– Calma, rapaz... – começou dona Léo, meio brava.

– Senhora, ligue pra polícia – cortou-lhe a frase. – Estão assaltando o vigia!

*****

– Cara, cê pode levar o que quiser! Não precisa se afobar – Zé Santos sabia que ladrões como aquele ou estavam drogados ou desesperados, e que, por conta disso, poderia disparar aquele revólver por "dá cá aquela palha"*; não podia fazer nenhum movimento brusco; precisava mantê-lo calmo.

O indivíduo saiu da portaria e, movimentando o revólver, levou Zé Santos para o lado da moto.

– Cadê a chave? – perguntou, depois de examiná-la.

– Deve tá com o motoqueiro...

– Vou fazer o cara!

– Calma, mermão. Posso dar um jeito. Faço uma ligação direta e cê se manda.

– Então, encara essa e faz direito, sacô?

*****

– Cara, olhali! – disse um dos homens que estava no banco do calçadão, defronte à galeria.

---

* "dá cá aquela palha": expressão popular que, neste contexto, significa "sem o menor motivo", "por conta de um movimento brusco da pessoa sob a mira do marginal".

– Epa! Aquele fulano parece que tá assaltando o vigia!

– Qualé?! Essa não, pô! Nenhum pé-de-chinelo vai fazer pagode na minha vigilância! – reagiu o outro, indignado com a invasão do "seu território", pelo que se levantou, 38 na mão.

– Ei, mermão! Qualé?! Nós num somo da polícia. Fica na tua!

– Mas tu é muito burro, Tonho! Um assalto aqui e lá vai vir polícia. E nossa vigilância vai pro vinagre, mané!

– Isola, ô, meu! Pé de Pau vai ficar uma arara!

– Então, sacô que num pode ter assalto aqui, tapadão?!

– Sem esculacho, peraí! Cê vai até lá e dá um estarro no pé de chinelo. Dou cobertura.

– Agora tu tá sacando, camaradinha... – e foi pela esquerda, para não ser visto lá da galeria.

*****

– Tá feito! Agora vamos pra rua... Cê vai do lado do assento pra montar quando ela tossir na primeira, aí cê freia e engrena de novo quando ela pegar.

– E cê vai ficar atrás de mim? Tá achando que sou burro, cara?

– Mermão, se cê fica atrás, monto na moto e me mando – argumentou Zé Santos.

O pobre-coitado do ladrãozinho ficou pensando e no final concluiu que a proposta estava certa; ele só podia ir na frente... Seria um risco, mas ele estava com o revólver.

Zé Santos manobrou a moto, abriu a porta e se colocou atrás para empurrá-la.

O "olheiro" do banco do calçadão estava do lado da entrada, segurando o revólver pelo cano. E tão logo o ladrãozinho ganhou a calçada e se preparava para montar no selim, veio na sua direção e, no alcance certo, pulou sobre o cara e desferiu-lhe uma coronhada que bem poderia rachar um bloco de mármore.

Seu golpe quase foi iluminado pelos faróis de um carro, que freou guinchando e do qual pularam dois PMs, armas em punho.

Zé Santos estava paralisado.

– Ninguém se mexe! – gritou um dos policiais.

O cara da coronhada jogou seu 38 no canteiro das margaridas, uma beleza de flor que decorava lateralmente a entrada da galeria, e fez isso junto com o movimento de elevar os braços.

O miserável do ladrão desabara sobre a moto, “apagadérrimo”; o da coronhada, cabra escolado em situações como aquela, sabia que o bom senso mandava não se mexer.

– Seu guarda, eu só tava passando quando esses dois aí iam saindo com a moto e o fulaninho aí teve um ataque de bobeira e se apagou... Livra minha cara dessa, sô!

– O cara me pediu pra empurrar a moto que não queria pegar – recobrou-se Zé Santos, entendendo que o outro estava do seu lado. – Vai ver que o cara tava com fome e apagou.

– E todo mundo tá limpo, né?! – cortou o policial. – Vai ver que a moto é que tava querendo sair pelaí, sozinha, né?!

*****

Do 6º andar, dona Léo e Rafa, o *motoboy*, estavam na janela do corredor que dava para a praia e viram a chegada da patrulinha da PM.

– Dona Léo, brigadão por ter chamado a polícia.

– Meu filho, se eu não estivesse tão ruim, ia descer agora mesmo pra ver a confusão lá embaixo.

– É o que vou fazer agora mesmo! – e o jovem se mandou.

Rafa voou pela escada e rapidinho estava lá na calçada.

– A moto é dele, seu guarda! – safou-se Zé Santos.

Rafa mostrou seus documentos e contou o que vira e que dona Léo telefonara para a polícia; ao ver a patrulha chegar, ele descera.

– Quer dizer quesse cara aí não tem nada a ver com isso? – quis saber o PM.

– Ter, tem. Mas ele safou a gente – acrescentou Zé Santos, sem falar da coronhada, aliás muito merecida. – Ele ia passando quando o cara desabou, talvez até de susto, sei lá...

– Livrou o careta, "cumpadi" – disse um dos PMs ao cara da coronhada. – Te manda que cê tá limpo nessa roubada.

O cidadão não esperou nem um segundo, agradeceu, mastigou um boa-noite e foi-se devagar, mas determinado a não voltar.

– Agora cês dois têm de ir à delegacia para registrar o B.O. – informou o PM, apontando para Zé Santos e para o *motoboy*.

– Chefe, só tenho um problema – disse Zé Santos.

– E quem não tem, cara?

– É que não posso deixar o serviço agora! Só eu é que tenho as chaves das portas e preciso fazer a faxina e abrir as benditas às seis.

Os policiais confabularam entre si.

– Bem, vamos levar o gato apagado e cê vem com a gente – disseram, convocando o *motoboy*.

– E cê vai lá depois... – o outro disse para Zé Santos. – Mas vai mesmo, senão a gente vem te buscar.

– Claro que vou, seu guarda. O interesse é mais meu do que tudo.

– Agora, cê tem que ficar mais esperto, amizade – o PM estava passando uma "dica" –; o cara que a gente liberou, o tal que "ia passando", é gente de Pé de Pau.

Aquilo não foi novidade para Zé Santos, apenas confirmava suas suspeitas, mas ele fez a esperada cara de espanto:

– Pé de Pau?! Quem é esse cara?!

– É ajudante do Papai Noel, cara! – o PM não acreditou na ignorância de Zé Santos. – Não brinca comigo, cara!

*****

Zé Santos foi o primeiro a ler *O Clarim* naquela manhã: lá estava o corpo do morto sem nome retirado do canal, a estranha confusão da moto na Galeria Fenícia e o recado de um bicheiro, sem citar Pé de Pau.

Ninguém tinha dúvida de que a ameaça fora feita pelo bicheiro da cidade; como não podia ficar com aquele jornal, que pertencia a um dos moradores, assim que Regina chegou pediu que ela fosse comprar um na banca ali pertinho.

Logo em seguida Ademir chegou, e os três leram as notícias umas duas vezes.

– Bem, a moto não tem nada a ver com o morto – aliviou-se Regina.

– Não tem a ver pro jornal, mas nós sabemos que é tudo uma coisa só, né?! – Ademir estava atento.

– É, tá tudo num rolo só! Agora o que cês não sabem é o que aconteceu aqui nesta madrugada – e Zé Santos contou a confusão da madrugada.

– Quer dizer que o sujeito que queria roubar a moto é da gangue do Pé de Pau?

— Não, morena! — cortou Ademir. — Esse aí entrou de gaiato... O cara que veio pra safar o Zé aqui é que é da turma do Pé de Pau...

— Ai, meu Santo Expedito!!! De tanto pensar nessa maluqueira toda, já tô baralhando estação.

— Pra mim isso quer dizer que ele tá de olho na galeria e não quer nenhum tumulto aqui, e, principalmente, quer a polícia longe desse pedaço — deduziu Zé Santos.

— Ah!... — a moça entendeu. — Pé de Pau não quer a polícia aqui pra poder agir com mais liberdade quando descobrir onde é que tá o dinheiro...

— Vou esperar dar 8 horas pra ligar pro seu Almeida, tenho de ir à delegacia, e se ele for comigo vai ser bem melhor.

E assim aconteceu: seu Almeida já chegou com Osmar a tiracolo, ouviram a

narração detalhada dos fatos e já estavam indo para a polícia quando dona Léo apareceu.

– Ô, seu Zé Santos! Só vim agora porque o remédio me deu uma soneira das boas. Mas o senhor tá bem, não tá?

– Graças à senhora ter chamado a polícia, tô, dona Léo.

– Seu Almeida, isso aqui tá ficando perigoso. O senhor não conseguiria que a polícia desse umas rondas pelaqui?

– Taí, dona Léo, essa é uma boa ideia! Tô indo na delegacia com Zé Santos e vamos ver o que se consegue por lá.

*****

– Tudo bem, minha filha? – dona Arlete já chegou perguntando.

– Não aconteceu nada com a loja, graças a Deus!

– É, mas saiu no jornal aquela atrapalhada da segunda-feira... Isso não é bom para nós, a galeria pode ficar com má fama...

– Olhe, dona Arlete, acho que não, sabe? Muita gente ficou sabendo do caso antes de sair no jornal... E o que aconteceu? Vieram olhar por aqui, o movimento de pessoas aumentou.

– É, tem esse lado. O povo é mórbido, gosta de ver essas coisas terríveis...

– E hoje vai ser pior...

– Também, com essa notícia!

– Mais do que isso – e Regina contou sobre a tentativa de roubo da moto da farmácia.

Dona Arlete ficou espantada. E, claro, nervosa.

– Isso tá ficando pior! Alguma coisa tem que ser feita e logo. Vou dar uma chegada lá na confecção, mas volto aqui.

E foi.

*****

A manhã correu movimentada, muitas pessoas circulavam pela galeria, olhando aqui e ali; algumas lojinhas foram beneficiadas pelo movimento maior, inclusive a floricultura, tendo Regina vendido três vasinhos de *cactus*, uma samambaia e duas dúzias de copos-de-leite.

Pouco antes das onze dona Arlete retornou, fisionomia mais alegre:

– A PM vai circular por aqui algumas vezes de dia e à noite vai passar de hora em hora – fora esse o resultado de um telefonema de seu marido para o prefeito e outro para o comandante da PM. – Tome aqui, Regina – e deu-lhe vinte reais. – Se acontecer outra dessas confusões, pegue um táxi e vá para casa.

Aquilo não resolvia o problema, mas era reconfortante saber que dona Arlete estava preocupada com o bem-estar de sua funcionária... Vinte reais era bobagem para dona Arlete, mas para Regina era uma beleza; esperava que não acontecesse mais nada, assim ela poderia comprar umas coisinhas no supermercado com aquele dinheirinho.

*****

O restante do dia foi calmo, à tarde o movimento caiu bastante, pois as pessoas deviam ter mais o que fazer num final de sexta-feira, o fim de semana estava chegando.

Zé Santos não voltara da delegacia, com certeza dali fora para casa.

Regina e Ademir se falaram algumas vezes e às 18 horas saíram juntos.

– Dê uma paradinha – disse Ademir ao chegarem à calçada. – Não olhe direto, mas ali do outro lado estão nossos vigias – e continuou falando com a moça para disfarçar.

Regina olhou para um lado da rua e depois para o outro, conseguindo ver os dois homens encostados no muro defronte.

– Bem, além da polícia, temos esses dois "anjos da guarda" aí – riram daquilo e seguiram conversando até a esquina seguinte; de lá, Regina desceria pela rua do *shopping* e Ademir seguiria pela rua do banco.

*****

Logo no início da rua a jovem parou na vitrine da Casa do Mineiro, um bazar que vendia de tudo.

Depois de ficar olhando uma coisa ali, outra adiante, retomou seu caminho para o ponto de ônibus da Matriz e, distraidamente, desviou o olhar para a outra calçada, onde um homem olhava em sua direção.

Instinto é instinto e ele tem lá seu modo de nos avisar sobre perigos. E foi exatamente isso que o instinto da moça fez, sinalizando que aquele homem era perigoso.

Como a rua estivesse bastante movimentada, Regina sentiu-se segura para encarar a situação, decidindo conferir se o sujeito a estava seguindo. Ao chegar à Foto Fred, cruzou a rua para o lado do Bar do Pirata, parando na loja vizinha, a de roupas para crianças.

Com o rabo do olho viu que o homem trocava de calçada.

Ainda fez isso mais duas vezes e "sua sombra" repetiu a mudança de lado também.

Sem dúvida alguém lhe dissera "siga a moça da outra calçada", e ele estava cumprindo fielmente a ordem recebida.

Parou na Relojoaria do Luiz e entrou para ver as vitrines – adorava aquela montoeira de relógios. Ficou ali bem uns cinco minutos e ao sair pôde olhar direto para o camarada, agora encostado na parede oposta, fumando seu cigarrinho.

*****

Ademir caminhava normalmente, e como todo rapaz da sua idade, olhava as vitrines de passagem, muito mais interessado em olhar as moças em circulação pelas calçadas ou as que, como Regina, ficavam sideradas pelas vitrines.

Estava sendo seguido, mas não se deu conta disso. Dobrou na Padaria do Ricardo e depois de mais duas ruas entrou no prédio do *American Overseas*, cursinho onde estudava inglês.

Seu seguidor embatucou: teria de ficar ali plantado até o "boneco" sair ou será que já podia ir embora?

Seu desconforto era grande, pois sua capacidade de raciocinar era mínima. Assim, só conseguiu ficar por ali durante três cigarros, quando achou que era hora de ir embora.

*****

Da relojoaria até o ponto de ônibus da pracinha da Matriz era coisa de um ou dois minutos, se tanto, tempo curto demais para se livrar do "sombra".

Então, Regina caminhou mais decidida, aproveitou o sinal fechado, meteu-se em meio aos carros e seguiu para a Matriz. Entrou na igreja e saiu pelo portão que dava para a capela, chegando à rua do outro lado, a uns dez metros do ponto de ônibus.

Nem pensou duas vezes: entrou no primeiro ônibus que estava parado, sem se importar para onde ele ia – um plano simples: iria até o final da linha e retornaria no mesmo ônibus, quando pegaria um outro que a levasse para casa.

O ônibus arrancou lentamente e, ao passar pelo portão lateral, Regina pôde ver o "sombra" parado na outra calçada, fumando seu cigarrinho...

"Desejo que seu maço esteja cheio, cara... E que cê se envenene com tanta nicotina", pensou, satisfeita por ter enrolado o bandido.

*****

Voltemos àquela manhã.

Zé Santos prestara seu depoimento na delegacia, e se não fosse a presença de seu Almeida, o vigia-faxineiro-porteiro ficaria retido ali por um tempão.

Terminadas as declarações, seu Almeida foi ter com o delegado, ao qual expôs a vulnerabilidade do condomínio, principalmente da galeria.

– Uma galeria é um local público, uma passagem onde não é possível selecionar quem entra. A única coisa que pode inibir a bandidagem é a presença da polícia... Não quero precisar contratar uma empresa de segurança armada, doutor!

Uma fala simples e direta, com a qual o delegado concordou.

– Eu compreendo. Bem, posso marcar duas rondas por dia e mais duas à noite, vou entrar em ligação com a PM para conseguir a passagem da patrulinha por lá.

Ao saírem, seu Almeida demonstrou suas preocupações a Zé Santos:

– Olhe, Zé, tem alguma coisa de estranho nessa confusão

toda. Desde a moto da segunda-feira é problema sobre problema. Tire seu serviço normalmente neste fim de semana, mas procure ficar em casa quando sair lá da galeria. Alguma coisa me diz que existe algo além da simples coincidência para tudo isso. Não comente nada com ninguém, não quero assustar as pessoas.

Zé Santos concordou sem nenhum comentário: tinha medo de falar alguma coisa que comprometesse seus dois amigos.

– Pode deixar, seu Almeida. Vou enjoar de escutar rádio, mas nem ponho a cara na janela.

Despediram-se pouco depois.

– É hora de ir falar com o Deusdedith Velho – Zé Santos falou para si mesmo. – Preciso de alguém que me clareie as ideias.

6

Susto sobre susto

Aquilo tudo ia rolando e a jiboia milionária estava tranquilona no depósito da papelaria; pela manhã, Ademir a colocava ao lado do basculante aberto, regando-a com um copo d'água, o que era suficiente para deixá-la viçosa.

Na manhã de sábado, vinha caminhando pensando naquele seu "novo ritual" e não viu que, ao aproximar-se da galeria, um dos vigias de Pé de Pau cruzou a rua, interceptando-o na calçada:

– Não banca o espertinho que cê se dana, bacana! – mensagem curta e grossa, falada baixo mas em bom som, após o que o sujeito seguiu pela mesma calçada.

O rapaz teve o bom-senso de não olhar para onde o desconhecido seguira.

Foi direto falar com Zé Santos, e os dois ficaram aguardando Regina, que logo lhes contou suas aventuras da véspera.

– Não podemos deixar esses caras descobrirem onde a gente mora – o vigia-porteiro alertou-os mais uma vez. – E não dá pra saber se foi só com cês dois que eles invocaram... Se tiver mais gente passando por isso, é sinal de que eles tão tentando pescar um vacilo, mas se formos só nós, a situação não tá boa!

– Vamos ficar antenados pra saber se alguém mais passou por coisa parecida – sugeriu Ademir.

– É o que dá pra gente fazer, né?! Só que acho que isso é muito pouco – ponderou Regina –, e não dá pra sair perguntando nada pra ninguém.

– Bem, posso jogar um verde pra dona Olga – pensou Zé Santos em voz alta.

– Taí, grande ideia – apoiou Regina. – Se tem alguém capaz de xeretar por aí, é ela, sem sombra de dúvida.

E cada um foi cuidar do seu trabalho.

*****

– Oi, seu Zé Santos! Algum problema?

– Eu nem sei, dona Olga. É que ali na portaria a gente ouve muita coisa e, na maior parte, só pela metade. As pessoas tão conversando, a gente escuta uma parte do papo e como elas vão seguindo, não se fica sabendo o final do assunto.

– Taí, nunca tinha pensado nisso... Deve ser mesmo assim! E é horrível, pois o fim é o que interessa, né?! – Zé Santos conseguira despertar o interesse dela. – Mas o que foi que o senhor ouviu que o está incomodando?

– Sei não, dona Olga... Pode até ser minha imaginação, sabe? A semana foi complicada...

– Se foi! – ela estava curiosa. – Mas o que é que o senhor ouviu mesmo?

– Duas moças que trabalham nos escritórios do 1º estavam falando que foram seguidas... quer dizer, achavam que foram, sei lá.

– Ah! Mas pode ter sido apenas uma paquera!

– É verdade. Só que a secretária do arquiteto lá do final

dos escritórios comentou comigo que havia dois tipos estranhos na saída da galeria quando ela saiu ontem. Até mexi com ela, dizendo que ela estava arrasando corações, mas ela cortou o papo e disse que conhecia bem o que era uma paquera e que aquilo não tinha sido uma.

– Bem, aí já são três pessoas – dona Olga computava os indícios.

– A gente fica preocupado, né, dona Olga? Vai que tenha alguma coisa estranha mesmo e a gente não dê valor?!

Nem teria sido preciso esse último comentário, pois dona Olga já estava convencida de que ela precisaria descobrir tudo a respeito daquilo.

– Mas, dona Olga, não fale no meu nome, tá?! Alguém pode achar que tô me metendo na vida das moças que trabalham aqui, a senhora sabe comé. E eu não posso aborrecer seu Almeida, ele sempre foi muito legal pra mim.

– Deixa comigo, seu Zé Santos. Sei como fazer essas coisas.

– Conto com a senhora de verdade – Zé Santos era um verdadeiro artista. – Bem, vou indo lá pra portaria.

– Assim que souber de alguma coisa, conto pro senhor. Té logo!

E Zé Santos saiu.

"A quase totalidade das pessoas acha que um porteiro é apenas um 'tomador de conta' da portaria", pensava dona Olga com seus vidros de perfume, "e um vigia não passa de um abridor de portas para quem chega. Esse tipo de gente é incapaz de admitir que eles têm uma boa bagagem dos fundamentos da psicologia, adquiridos no dia a dia da vida, e seu Zé Santos acabou de demonstrar isso contando-me suas preocupações."

Dona Olga gostava de uma "fofoca", sem dúvida, mas era uma boa pessoa.

*****

Dona Arlete chegou pouco depois das nove e, ainda que tentasse disfarçar, estava preocupada. Conferiu o movimento da tarde de sexta, arrumou um vaso aqui, outro ali.

Foi quando um homem chegou à porta da loja, Regina estava próxima.

– Cê trabalha aqui? – foi logo perguntando, sem ver que dona Arlete também estava lá.

– Sim, trabalha. E quem quer saber? – ela entrou firme na conversa.

– Polícia, minha senhora. Investigador Romão – disse, exibindo sua carteira, já afeito àquele tipo de recepção.

– Sou a dona da loja. O que o senhor quer saber?

– Queria saber se um homem de apenas três dedos na mão direita, alourado, esteve por aqui – respondeu

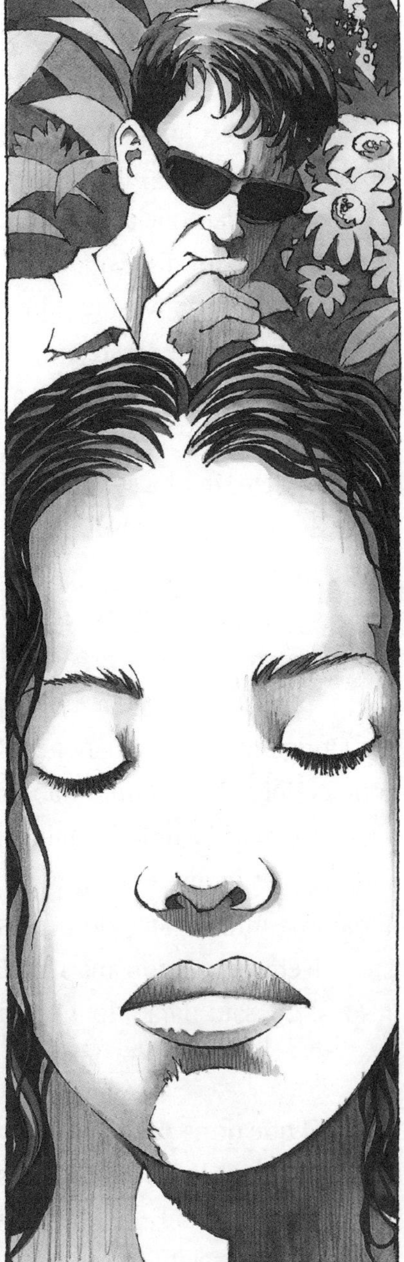

mecanicamente, fisionomia impassível, cansado de ser pisado por gente rica.

— Não vi essa pessoa por aqui. Cê viu, minha filha?

— Não senhora, não vi ninguém assim. Mas já esteve outro homem por aqui perguntando a mesma coisa — respondeu a moça.

— Era da polícia? — quis saber Romão.

— Ele nem disse que era... E eu também não perguntei.

— Estamos investigando...

— É bom que estejam, seja lá o que for — cortou dona Arlete. — Mas o senhor tem algum mandato, um documento qualquer para vir fazer perguntas aqui?

— Bem, minha senhora, achamos que é mais cômodo para as pessoas se conversarmos aqui na galeria. Tem gente que não gosta de ir à delegacia.

— Imagino que ninguém goste. Mas o senhor tem mais alguma pergunta a fazer?

— Se a senhora e a moça não viram o homem, é o bastante. Obrigado e passem bem — Romão era experiente, aquela mulherzinha era durona, não valia a pena insistir e, de mais a mais, ele achava uma besteira ficar fazendo aquelas perguntas idiotas, mas ordens eram ordens, e o delegado é que decidira que teriam de interrogar todo o pessoal das lojas da galeria.

Nem perguntou mais nada, pois sabia que não receberia resposta, e saiu para a loja seguinte.

*****

O que dona Arlete desconhecia era que as investigações da polícia haviam levantado que os homens de Pé de Pau estavam vigiando a Galeria Fenícia 24 horas por dia; somando-se a isso o caso da motocicleta da segunda-feira, a execução de Três Dedos, o recado do bicheiro no jornal e um de seus capangas passando por ali na tentativa do roubo da moto da farmácia, tudo indicava que existia uma ligação entre o roubo da féria do bicho no sábado anterior e aquele local.

Se soubesse disso, teria sido menos ríspida, com certeza – mas, quase sempre, nunca se pensa que a polícia está trabalhando em nosso benefício... Existe um certo receio com relação à polícia; muitas pessoas apostam que os policiais são achacadores.

*****

Eram quatro policiais indo de loja em loja, as mesmas perguntas repetidas em todas.

O investigador Romão entrou na loja de queijos e bebidas importadas: um homem por trás do balcão e outro no canto, encostado na parede.

– Polícia! – anunciou. – Investigador Romão – carteira em punho.

O homem do canto se encolheu, colou-se na parede.

– Os senhores viram por aqui um louro, baixinho, só com três dedos na mão direita?

– Não senhor, esse cara não esteve aqui! – respondeu o do balcão.

– O senhor é o proprietário?

– Sou. Só tenho ajudante na temporada.

– E o senhor aí do canto?

E aí aconteceu o patético daquela manhã: o do canto se virou, era gordinho, um tanto calvo, nariz bem vermelho, bebedor típico.

– Eu?! Não sou ninguém! Não sei de nada, pelo amor de Deus! – e, ajoelhando-se no chão, copo entre as mãos, foi trágico: – Não conte à minha mulher! Se quiser, me leve preso, diga que avancei numa jovem, mas não conte àquela megera queu tava aqui! Por Deus!

Romão quase sorriu pelo ridículo da cena, mas permaneceu com uma fisionomia de estátua, impassível.

– O senhor viu um cara de três dedos por aqui?

– Eu vejo o que o senhor quiser, três dedos, dois dedos, sem dedos, oito dedos... só não conte pra minha mulher queu tava tomando um aperitivo aqui!

– Obrigado, senhores – dirigiu-se ao proprietário. – Acho que tá na hora desse bebum aí ir pra casa, o senhor não acha?

E, como aquela fora a última loja da sua quota, saiu da galeria, parando na calçada defronte ao mar.

"Vida miserável essa da polícia", pensou lá com ele mesmo. "O infeliz daquele bebum deve ter casado com uma jararaca!"

*****

Paulo Otávio, o porteiro das 10 às 18 horas, quando abordado por um dos outros investigadores, disse que um cara parecido com aquela descrição tinha procurado emprego ali, no início da semana – foi o que soubera.

Por sorte sua, seu Almeida ia chegando naquele momento e completou que tudo já fora relatado para o delegado: o Três Dedos procurara informações sobre emprego ali, ficara de trazer os documentos e desaparecera.

O investigador chamou um de seus colegas, ao qual repassou o informação.

– Tudo bem, vamos conferir lá na delegacia, qualquer problema, a gente volta – e, dirigindo-se ao parceiro: – Cara, vamos embora queu tenho que ir almoçar na sogra, e pra ir lá só depois de encaixar umas caipirinhas no jeito... É vacina contra cobra, amigo!

*****

Zé Santos esquecera na portaria um pequeno pacote, do qual só deu falta quando já estava perto de sua casa.

Voltou à galeria, sabendo por Paulo Otávio da visita da polícia; pegou o pacote e retomou seu caminho.

Mal andara uns 100 metros, um sujeito interrompeu sua caminhada:

– Mermão, cê num viu por aqui um cabra meio louro, só com três dedos na mão?

Era o mesmo indivíduo que desferira a coronhada no pretenso ladrão da moto da Droga Center.

– Ô, meu! Tudo legal? – precisava demonstrar uma certa alegria, afinal aquela figura ajudara a salvar a moto. – Sim, teve um pinta assim procurando emprego na segunda ou na terça... Ficou de trazer a papelada e não apareceu mais.

Aquela notícia colheu o outro de surpresa. Ficou sem saber o que dizer, considerando-se que não tinha tantos neurônios para respostas rápidas.

– Legal, camaradinha... Se ele pintar de novo, diz que a turma dele tá com saudade – foi o melhor e mais esperto recado que conseguiu formular.

– Pode crer, amizade. Apareceu, tô dando seu recado.

E saiu de fininho, andando devagar para não dar na vista, mas louco para correr.

*****

Pouco antes de a loja fechar, dona Arlete retornou:

— Regina, descanse bastante neste fim de semana, vamos ficar tranquilas.

— Fico preocupada com o que pode acontecer aqui na galeria, dona Arlete. Essa semana foi tão maluca que nem sei o que pensar.

— Garanto que não vai acontecer nada. Conseguimos um PM pra ficar aqui até a segunda. Seja lá quem for e pelo motivo que for que esteja criando esta confusão toda, com um PM aqui dentro eles não vão fazer nada.

— Deus queira que não, dona Arlete.

Fecharam a lojinha às 12h45, e dona Arlete foi procurar seu Almeida para dar-lhe a notícia sobre o PM, enquanto Regina seguiu para casa.

Por coincidência, Ademir também estava fechando a papelaria — seu cunhado não viria naquela tarde —, de modo que saíram juntos, cena que não escapou ao atento olhar de dona Arlete.

"Taí, esses dois formam um parzinho muito simpático", pensou dona Arlete, observando-os de longe.

*****

Zé Santos chegou em casa e foi preparar seu almoço: arroz, feijão e galinha frita, tudo lá do restaurante vizinho da Galeria Fenícia — ser honesto, trabalhador e educado trazia muitas compensações, já dizia seu pai, do qual sentia muita falta, uma vez que nem conhecera sua mãe; de vez em quando recebia presentes como aquele.

Comeu devagar, sua cabeça maquinando para descobrir uma saída... E nada de nada!

— Bem, tenho mesmo que levar um papo com seu

Deusdedith Velho – decidiu-se.

E, terminado o almoço, tudo lavadinho, seguiu para a casa dele.

*****

Deusdedith Velho – nome complicado que Zé Santos levara um tempão para aprender a escrever por causa do "th" final – devia estar entre os oitenta e noventa anos, se não mais.

Contavam mil histórias sobre ele, coisas incríveis, muitas inventadas, mas o fato é que ele era uma lenda viva: era bruxo e feiticeiro, fora garimpeiro, tinha sido pajé de uma tribo indígena no Xingu, capataz de uma fazenda no Norte de Goiás, caçador de jacarés no Pantanal – coureiro como se dizia –; fora sacerdote do Santo Daime, uma seita religiosa da Amazônia, contrabandista na fronteira com a Colômbia, pescador de piranhas no Araguaia... e se procurasse mais, mais se encontraria.

Para Zé Santos, era apenas a pessoa que o acolhera quando chegou por ali, que lhe dera abrigo e dividira com ele sua parca alimentação, sempre com uma palavra alegre para dizer, um bom humor que apagava as tristezas da vida.

O que ele fora não importava; o que valia era o que ele representava naquele momento: tinha um modo de pensar sábio, cheio de bons conselhos, uma inteligência incrível – Zé Santos só não o procurara antes para não incomodá-lo com seus problemas, mas agora não tinha mais ninguém para quem pedir ajuda.

O velho ficou feliz com a chegada do amigo e mais ainda quando ele lhe deu o tal pacote que o fizera voltar à Galeria Fenícia: fumo para cachimbo!

Depois das conversas fiadas das pessoas que não se veem

há algum tempo, Zé Santos entrou no problema em si: um amigo seu estava de posse de uma coisa roubada, deixada por um cara que morreu logo depois – até aí era verdade, meio arrumada, mas verdade –; agora, queria devolver o que fora roubado ao seu verdadeiro dono, um cara rico, bandido e perverso, e não tinha como fazer isso sem que o roubado descobrisse sua identidade; queria devolver mas sem aparecer...

Deusdedith Velho ouviu com atenção e, quando Zé Santos terminou, recarregou seu cachimbinho de barro, acendeu-o e deu várias baforadas em absoluto silêncio.

– Fio, se é roubado, num é bão... Quem foi roubado num valor tá procurando, e esse seu amigo é uma bela morena, só que num é pro seu bico, né?!

Zé Santos sempre se impressionava com seu amigo.

– É, e tá procurando mesmo – foi a única coisa que arrumou para falar.

– E inté já matô o ladrão... Só que num ficô sabendo onde ele moitô o roubo, né?!

– Certinho, seu Deusdedith.

– É por isso que sua amiga tem que devolver. Mas devolver de modo que o roubado fique sabendo que foi devolvido... Num é bão ficá bestando pra quem se vale da violência... É tudo que nem bicho, morde por morder, mas machuca...

Nova pausa, algumas cachimbadas.

– O que vejo de mió é devolvê pra quem tá na precisão, pra quem a vida não sorriu nem um pedacinho, pra quem tá na estrada final só coiendo amargor e desprezo. E o cara perverso tem que sabê que o que tiraram dele foi adevorvido, mas que ele num pode fazê nada pra recuperá o prejuízo, tá entendendo?

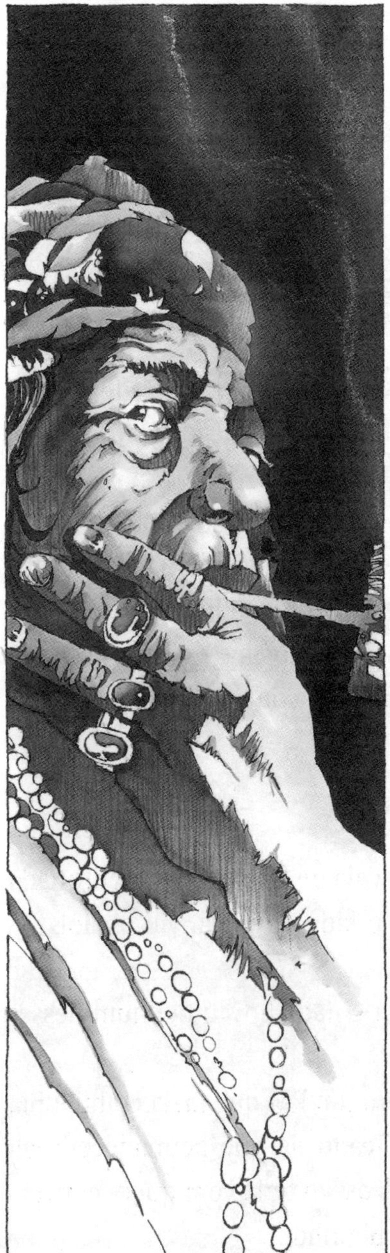

É claro que Zé Santos não estava entendendo nada, mas ficou firme, gravou tudo na memória.

– Sei que cê num tá entendendo muita coisa que tô falando, mas já vai descobri como a coisa é simples.

Fez-se nova grande pausa, mais uma vez.

– Foi dinheiro que foi roubado, né?!

– É, seu Deusdedith, muito dinheiro.

– Ora, se é dinheiro, é tudo muito mais fácil!!! – e deu uma sonora gargalhada.

– Mas como, seu Deusdedith?! Até já tentamos uma vez e deu tudo errado!

– Deu errado porque num era pra devolvê direto pro cara; colocá o dinheiro de novo nas mãos do bandido é como sê bandido também, ora.

– Então como é que vamos fazer isso?

– Tenha calma, esse menino! Escute só...

7

Por uma boa causa

Aquele fim de semana passou com os três amigos em suas casas, cada um com sua própria explicação para o "recolhimento".

No condomínio da Galeria Fenícia, a cada domingo folgava um dos três funcionários – o serviço era dividido pelos outros dois –, e naquele, a folga foi de Zé Santos; a limpeza do corredor e das salas do 1º andar e dos corredores e escadas da parte residencial era feita por uma empresa contratada só para essa finalidade.

*****

Zé Santos veio cumprir a escala de trabalho na madrugada da segunda-feira e, entrando pelo lado da praia, viu os dois vigias lá no banco do calçadão.

"A sorte desses caras aí é que não choveu nenhum desses dias", pensou.

Na portaria, deu de cara com um PM que fazia companhia para Paulo Otávio, sendo cientificado de que permaneceria ali até as 6 horas – bem, menos mal, assim teria com quem conversar, e o tempo até que passou rapidinho.

Quando seus "parceiros" chegaram, foi ter com eles.

Uma das primeiras conclusões a que chegaram foi que, como as duas entradas eram controladas pela turma de Pé de Pau, eles não deveriam sair juntos, além de tomarem o maior cuidado para não serem seguidos até suas casas quando acabasse o expediente.

– Quase estourei a cabeça de tanto pensar nesses dois dias e não descobri como nos livraremos desse maldito dinheiro! – Regina estava até com olheiras.

– Jogar esses pacotes fora até que é moleza – acrescentou Ademir. – O duro é que precisamos devolvê-los de modo que Pé de Pau fique sabendo disso, sem descobrir quem fez a coisa... E aí, também não sei como.

– Gente, acho que descobri um meio de acabarmos com isso – Zé Santos falou devagar e detalhou o plano inventado por Deusdedith Velho. – Vamos fazer um pacote só e escrever por fora "Bom proveito", assinado Pé de Pau.

Os outros dois o ouviam atentamente.

– Aí, quando deixar o serviço, passo na Casa dos Velhinhos e entro lá na hora das visitas – continuou –, deixo o pacote num canto e me mando. Depois, vamos fazer como ele fez: no dia seguinte mandamos um recado pelo jornal *O Clarim*.

– Taí, acho que vai dar certo desta vez – Regina até sorriu –, se cê deixar o pacote lá hoje, amanhã a gente avisa pro jornal e Pé de Pau vai ficar sabendo, na pior das hipóteses, na quarta.

– É, e amanhã, lá pelas onze da noite, avisamos pra Rádio Guará – completou Ademir.

– Pra mim, a rádio devia ser avisada na quarta, bem cedinho – ponderou Zé Santos. – A chance de Pé de Pau ficar sabendo antes de quarta será menor... Vai que, de repente, ele tem alguma chapinha no jornal ou na rádio...

– Nissaí cê tem razão. Controlar o jornal é mais fácil, pois vai ter zé-ninguém querendo dar um furo de reportagem e o mandachuva d'*O Clarim* não vai dar sopa pro azar – Ademir raciocinava sobre as hipóteses de vazamento da notícia antes da hora, o que poderia levar o bandido a ir lá na Casa dos Velhinhos durante a noite.

Zé Santos percebeu aquilo:

– Gente, vamos mudar a coisa: na quarta, bem cedo, a gente avisa pra rádio e pro jornal; tá na cara que a Guará vai sair na frente, e *O Clarim* vai ter que vir atrás – o vigia estava com a mesma preocupação de proteger a Casa dos Velhinhos.

– Vou fazer questão de avisar pra rádio – Regina estava recuperando seu bom humor; tinha passado maus momentos com aquela tensão toda.

– Ademir, vê se arruma uma caixa no jeito. Ficará mais fácil de sair com ela – Zé Santos era precavido.

*****

Manhã em curso, dona Arlete chegou e a moça informou que não acontecera nada de diferente no fim de semana, pelo menos não vira nem ouvira nada até aquele momento.

– Daqui a pouco vou falar com Olga.

– Não precisa ir, amiga. Já estou aqui – anunciou-se dona Olga.

– E aí?! Alguma novidade?

– Aqui na nossa galeria foi tudo tranquilo... mas fiquei

sabendo que algumas pessoas que trabalham aqui andaram sendo seguidas, na quinta e na sexta, por pessoas estranhas.

– Seguidas?! – surpreendeu-se dona Arlete.

– É issaí, querida. Seguidas.

– Bem, eu mesma fui seguida na sexta, quando saí – disse Regina, pois se não queria contar tudo o que sabia, também não podia ficar alheia a uma ou outra coisa, e aquela oportunidade pareceu-lhe excelente.

– Meu Deus! E como foi isso? – dona Arlete foi pega de surpresa.

E a jovem contou o que se passara e sua escapada pela capela dos velórios.

– E cê não me disse nada, menina? – dona Arlete não estava gostando de só ter ficado sabendo daquilo três dias depois do acontecido.

– Ô, dona Arlete, pensei que fosse uma paquera ou coisa de tarado!

– Nem me fale nisso, menina!

– Dona Arlete, isso acontece quase todo dia com a gente: é na hora de vir pro trabalho, é no ônibus, é quando se volta pra casa...

Nem dona Arlete nem dona Olga jamais haviam pensado naquilo.

– Vida de pobre é complicada, é tudo na base da lei do mais forte. Honra de mulher pobre, pra ser mantida, a gente tem que se cuidar muito. Como em todo canto, entre os pobres tem gente decente e gente safada... Os safados acham que podem tudo e vão fazendo o que bem entendem...

As duas senhoras não sabiam o que dizer.

– Quem é que vai se importar e defender uma moça pobre, como eu, se ela for estuprada? A grande maioria das que passam por isso nem reclamam porque tem um punhado de gente que ainda acha que mulher pobre gosta disso, que elas é que provocam os homens, que nós somos sem-vergonha.

*****

Depois que dona Arlete saiu, Regina foi até a porta, viu que não havia nenhum freguês na papelaria, encostou a porta da floricultura e foi até lá.

– Até que enfim, uma visita importante! – saudou-a Ademir.

– Já fez o pacote? – cortou Regina, meio encabulada.

– Tá tudo nos conformes, morena.

– Olha, dona Olga teve conversando com dona Arlete e tem mais gente daqui que também foi seguida!

– Então, cê não foi a única! Isso é maravilhoso!

– É bom por quê, Ademir?

– É sinal de que eles não desconfiam docê, morena... Sabem que aconteceu alguma coisa por essas bandas, mas nem sequer imaginam onde foi.

Bem, aquilo fazia sentido, com certeza os bandidos estavam pressionando um ou outro por ali para ver se conseguiam uma pista que fosse.

*****

– Tudo pronto?

– E eu sô de marcar bobeira, meu camaradinha? Aqui tá a caixa, fechada com fita gomada. E aqui tá um pincel atômico procê escrever a mensagem. E mais dois vales-transporte.

– Pra que isso, cara?

– Zé, raramente uso ônibus. Cê vai sair do seu rumo pra chegar lá no asilo; aí tão os vales procê ir e voltar, amigo.

– Cê é legal, Ademir.

Pegou a caixa e saiu pelo lado da praia como sempre; não queria fazer nada de diferente para não chamar a atenção. A "caixa milionária" estava bem acomodada na sacola que carregava todos os dias; tudo exatamente igual ao que fazia rotineiramente.

A única coisa de diferente foi que prestou o máximo de atenção para ver se estava sendo seguido por alguém.

*****

Pegou o ônibus no ponto do outro lado da Matriz, sentou-se bem na frente; desceu a uns 100 metros da Casa dos Velhinhos.

As visitas começavam ao meio-dia. Sabia disso porque já fora, com uma vizinha, visitar a mãe dela.

O portão estava fechado, eram 11h45, de modo que Zé Santos encostou-se no muro para esperar, pensando na vida e naquela barafunda toda.

Chegaram duas senhoras e depois uma jovem, todos esperando o meio-dia.

Uma senhora simpática veio abrir o portão e, como já conhecesse as mulheres, cumprimentou-as, deixando que entrassem.

– Boa tarde – dirigiu-se a Zé Santos. – O senhor vem visitar quem?

– Não venho visitar ninguém, senhora – respondeu com seu melhor sorriso. – O caso é que estive aqui uma vez, acompanhando um amigo, e achei tudo muito bem organizado. E outro dia, conversando com outro amigo, falei daqui. É que ele quer achar um lugar pra colocar a mãe dele, uma velhinha maravilhosa...

– Olhe, isso vai ser muito difícil, senhor. Já estamos com pessoas demais, não dá pra receber mais ninguém, e a fila tem bem umas vinte pessoas esperando por uma vaga.

– Eu compreendo, senhora. Mas veja a minha situação: este meu amigo, na verdade, é o meu patrão. Ele já deve estar beirando os sessenta anos, é viúvo e a mãe mora com ele. Sendo uma velhinha querida, ela fica sozinha o dia todo, não aceita ninguém pra cuidar dela, só quer o filho.

– Isso é muito comum.

Um casal se aproximou, a senhora cumprimentou ambos e deixou-os entrar.

– Aí meu patrão pensou no seguinte: se ele conseguisse que a mãezinha dele ficasse aqui só durante o dia, ele deixaria a velhinha aqui e a buscaria de noite... Isso já seria um conforto pros dois, a senhora não acha?!

– Bem, acho que sim. Mas nunca trabalhamos assim – a senhora estava em dúvida.

– Ele pediu preu vir aqui porque ficou com vergonha de vir, sabe como é?!

– Se sei, senhor... E como sei!!!

– Pois é, ele pediu preu ver como era e se seria possível fazer este acerto. E ele vai pagar as despesas da mãe dele. O que ele quer mesmo é ver se consegue fazer com que ela tenha mais companhias, principalmente de pessoas da idade dela, a senhora entende?

– Bem, vamos tomar nota disso lá na secretaria. Como é novidade, vou ter que conseguir a aprovação da Diretoria da Casa. Mas veja bem, não estou assumindo nenhum compromisso com o senhor.

— Claro, senhora. É só pra gente começar a conversar.

— Se a Diretoria aprovar, este seu amigo vai ter que vir aqui pra acertarmos alguns detalhes. É um caso novo, precisamos estudar tudo com muita calma. Velho não é um traste que a gente pode arrastar de um lugar pro outro; é preciso fazer tudo com segurança.

Foi assim que Zé Santos conseguiu entrar na Casa. Seguiu a senhora até a secretaria, logo em frente ao portão. Ela foi para trás de um balcão e começou a fazer anotações em uma ficha.

— Como é o nome do seu amigo?

— A senhora me desculpe, mas ele não deu autorização preu dizer quem ele é.

Nesse instante, soou uma campainha.

— Desculpe, deve ser alguém no portão — e a senhora saiu.

Rapidinho, ele pegou a caixa e escreveu a mensagem: "Bom proveito — Pé de Pau".

Colocou a caixa ao lado de um arranjo de flores, no canto direito do balcão, que não poderia ser visto de onde ela estivera preenchendo a tal ficha.

Quando ela retornou, Zé Santos fez-lhe uma proposta:

— Acho que a gente pode fazer assim: a senhora me dá o telefone daqui e meu patrão liga pra cá, aí ele vai poder responder o que for preciso.

— Por mim, tudo bem.

— Sabe, eu só vim assuntar, não posso dizer mais nada, a senhora compreende?

— Claro que compreendo. Então vamos fazer assim: aqui está o telefone daqui e o meu nome.

Ele pegou o cartão, lendo-o com calma; o nome dela era Zileide.

– Senhora, muito obrigado. Vou dizer pra ele telefonar e combinar tudo com a senhora. Bem, ele também vai querer saber mais ou menos quanto isso deve custar, a senhora não acha?

– Acho, senhor... E, a propósito, onde está a sua mãe?

– Não conheci, dona Zileide... Ela morreu quando eu nasci.

*****

A primeira parte do plano de Deusdedith Velho funcionara.

Agora, era partir para a segunda, moleza pura, "mamão com açúcar", principalmente pelo fato de não estarem mais com aquele *miserável* pacote de dinheiro.

Zé Santos queria sair correndo rua afora, mas conteve-se – voltaria à galeria para tranquilizar seus amigos.

*****

A notícia foi muito bem recebida, e Ademir até quis telefonar para *O Clarim* na mesma hora.

Aquietou-se em razão dos argumentos dos outros dois, principalmente o de Regina: "Plano é plano, cara. Não dá pra ficar mudando de uma hora pra outra".

– De mais a mais, precisamos ter certeza de que eles acharam o pacote e colocaram o dinheiro em segurança.

*****

A terça-feira se arrastou lenta e pesadamente; eles nem tocaram no assunto.

Mas não precisavam falar da armação, seus olhares falavam por eles.

Regina era a mais ansiosa, pois ficara acertado que lhe caberia ligar de um orelhão para a Rádio Guará, às 7 horas da quarta-feira.

Ademir ficara de encontrá-la na praça do banco às 6h45.

Às 7h15 seria a vez de Ademir ligar para *O Clarim* com a mesma notícia.

*****

– É da Rádio Guará?

–!!!

– Cês devem dar uma chegada na Casa dos Velhinhos.

–?!

– Alguém doou quase 100 mil reais para os coroas! – exagerou Regina.

–?!?!?!

– Alou-ô! Cenzinho, meu. Uma doação irada!

Regina cumprira sua parte brilhantemente. Agora era a vez de Ademir.

– É do *Clarim*?

E a fala de Regina foi, praticamente, repetida por ele.

– Uma doação de Pé de Pau! – foi o seu fecho, diferente do de Regina, só para garantir o interesse do jornalista.

*****

Bem, os três haviam feito tudo o que estava ao alcance deles. Agora, era só rezar para que tudo desse certo, certinho.

Conseguiram evitar o envolvimento de outras pessoas. Achavam que haviam feito o melhor que podiam.

É muito complicado julgar certas ações das pessoas, uma vez que nem sempre se conhecem todos os fatos que as motivaram a agir como agem.

Tudo isso rodava na cabeça de Regina no trajeto entre o orelhão e a Fenícia.

*****

Quando os três se encontraram lá na portaria, não foi preciso dizer nada.

No olhar de cada um estava registrado o alívio por terem se livrado daquela "fortuna" que não pediram para receber.

Epílogo

As "Lágrimas de crocodilo" existem, ora, se não

Eram quase 9 horas daquela manhã de quarta-feira quando a kombi de reportagem da Rádio Guará estacionou defronte à peixaria de Pé de Pau.

O repórter Márcio Frezoline desceu, celular em punho.

– Diretamente da peixaria do superconhecido Pé de Pau, Márcio Frezoline pela sua Rádio Guará. Estamos procurando entrevistá-lo sobre a significativa doação feita para a Casa dos Velhinhos – e foi entrando no estabelecimento.

– Corta essaí, ô, meu! – vociferou o peixeiro, apontando seu facão de trabalho para o radialista. – O patrão não gosta de confusão aqui!

O repórter nem ligou e prosseguiu falando sobre a Casa dos Velhinhos e sobre a generosidade de Pé de Pau, deixando o peixeiro entendendo cada vez menos o que estava acontecendo.

Para *melhorar* a situação, outra kombi estacionou, um veículo da Prefeitura, de onde desembarcou um rapaz bem alto, que também entrou na peixaria.

– Bom dia! – cumprimentou o peixeiro. – Sou assessor do

prefeito, e ele me mandou aqui para falar com seu Pé de Pau.

O peixeiro se atrapalhou com aquilo: no jornalista ele podia dar uns tabefes e pôr o danado para correr dali, mas, no rapaz que trabalhava com o prefeito... Aí a coisa podia pegar.

Estava pensando em ir chamar o homem, quando ele entrou pelos fundos da peixaria:

– Quié que tá acontecendo aqui? – lá do seu escritório vira a chegada das duas kombis e descera para conferir seus "domínios".

A entrada de duas velhinhas e quatro velhinhos iniciou a resposta à sua pergunta.

– Mas o que é isso? – seu vozeirão se fez ouvir até da outra calçada, no que cometeu um grande erro, saindo da área do balcão e dirigindo-se ao grupo. Sem dúvida estava pensando em botar a velharada para fora.

– Seu Pé de Pau, aqui tá um grupo da Casa dos Velhinhos que veio lhe agradecer a generosidade do seu donativo – começou o funcionário da Prefeitura, que, sentindo a força fulminante do olhar que Pé de Pau lhe dirigiu, completou depressa: – O prefeito também manda lhe agradecer, e a esposa dele, nossa Primeira-Dama, mandou dizer que sempre o achou um homem bom. Muito sofrido, mas bom – talvez até não lhe tivessem dado tal incumbência, mas quem iria conferir naquela hora?

E, recado dado, o jovem fechou os olhos, para nem ver qual seria a reação do "homão".

O repórter da rádio falava sem parar no seu celular, com voz baixinha para não atrapalhar nada (ele não era idiota!) e, tal e qual o assessor do prefeito, não tinha a menor ideia do que se sucederia.

Na rua, começou a juntar gente.

– Seu Pé de Pau, o senhor é um homem generoso, um homem bom. Deve ter sofrido muito, pois só quem sofre é generoso – uma das velhinhas fazia o seu discurso, surpreendentemente com voz firme e clara.

Pé de Pau não era nenhum gênio, mas começou a se dar conta de que aquele pessoal estava ali para agradecer qualquer coisa que ele fizera, só não tinha ideia do quê – ainda não falara com o repórter da Guará.

A outra velhinha, menos falante, contudo mais prática (e seguramente enxergando pouco), avançou com seus passos um tanto trôpegos e chegou pertinho de Pé de Pau:

– Seu Pé de Pau, meu povo sumiu pelaí, neste mundo de meu Deus, não tenho ninguém nessa vida... Não sei onde anda sua mãe, por certo uma santa senhora... Mas em meu nome e no da sua mãezinha, quero pedir que Deus o abençoe e proteja pela sua atitude generosa. Posso lhe dar um beijo, meu filho?

Aquilo foi demais!

Quem deixou escapar a primeira lágrima foi o truculento peixeiro; Pé de Pau só notou que estava chorando quando deixou de enxergar bem e arrematou com um tremendo soluço, um barulho estranho, profundo, parecia um motor de carro engasgando.

A velhinha míope (tinha que ser míope, quase cega), abraçou-se à barriga do brutamontes e ele teve que se inclinar para ganhar o tal beijo, provavelmente o único beijo decente de toda a sua vida.

– A emoção é geral, caros ouvintes. Pé de Pau está profundamente sensibilizado – o repórter não era louco para dizer que o homem estava se derretendo em lágrimas. – Vamos tentar obter uma declaração dele.

A oradora do agradecimento, igualmente, foi abraçar Pé de Pau.

Aí chegou o carro d'*O Clarim*, de onde desembarcaram um repórter e um fotógrafo, que foi logo espocando um *flash* daquela cena até então inimaginável.

– Seu Pé de Pau, os microfones da Rádio Guará estão à sua disposição, pois nossos ouvintes gostariam de saber, isto é, se o senhor quiser dizer, os motivos que o levaram a doar 58 mil reais para a Casa dos Velhinhos...

Apesar de emocionado, dinheiro era coisa que faria Pé de Pau levantar-se até do túmulo se lá estivesse.

– Cumé quié?! Cê disse 58 mil?!

O destemido repórter sentiu o chão ir se abrindo debaixo dele; o homem ia explodir, ia ser velhinho para tudo que era canto, ele junto. E como pretendia viver mais algum tempo, não se atreveu a repetir nem a pergunta, muito menos o valor, apenas esticou o braço com o celular na direção da fera, como se aquele gesto seu pudesse exorcizar os maus bofes do bandido.

Pé de Pau urrou!!!

Um berro de dor. Arrancavam-lhe as vísceras a sangue-frio, sem dó nem piedade!

Enrijeceu toda a sua formidável musculatura.

– Isso, meu filho! Grite de alegria pelo que cê fez; grite pra que todo mundo saiba que cê é nosso amigo – entrou a velhinha discurseira.

– Como é bom saber que alguém pensou na gente, meu Pé de Pau. Ninguém se importa com nossos problemas, e você, um trabalhador honrado, só você, teve a coragem de nos doar 58 mil reais – discursou a outra velhinha, contagiada pelo momento.

– Viva Pé de Pau! – gritou um dos velhinhos.

E entre os vivas, assobios e aplausos da assistência, os seis velhinhos se abraçaram àquele corpanzil, todos acarinhando o bicheiro.

O *flash* d'*O Clarim* não parava, o celular do repórter captava uma fala aqui, outra ali, numa tremenda balbúrdia.

E Pé de Pau?

Da surpresa inicial chegara à emoção total e depois entrou em estado de explosão ao saber onde fora bater o dinheiro surrupiado por Lixeiro – mas aquela alegria geral, o carinho dos velhos, tudo resultou no efeito de um anestésico para a sua parte perversa.

Não seria exagero dizer que ele estava em estado de choque.

A situação foi se acalmando aos poucos, até que só restou um punhado de assistentes e os personagens que estavam na peixaria.

– Seu Pé de Pau – chamou um dos velhos –, me dê uma ajuda!

– Fala, meu velho!

– Hoje sonhei com...

– Não diga, sonho no bicho não se conta, senão dá pra trás – cortou o bicheiro. – Tomé! Ô, Tomé!

Seu berro fez com que um gordão se movimentasse.

– Pronto, chefia!

– Vê aí com o que ele sonhou, faz um jogo no grupo, na dezena e no milhar, e cerca pelos sete lados... e na centena também.

– E ele vai jogar quanto?

– O que cê achar que deve, toco de gente. Essa aposta eu banco, mermão. Mas faz direito, mané!

Depois disso Pé de Pau deitou falação na Rádio Guará e

para *O Clarim*, sempre cercado pelos "seus velhinhos", "gente minha, do meu coração", fez questão de repetir várias vezes.

Quando eles começaram a se despedir, perguntou carinhosamente:

– Cês gostam de um peixinho?

E como gostavam, comandou para seu ajudante:

– Gato do Fio, separa aí uns peixes pros meus amigos e bota dez quilos de camarão. VG*, viu?

E ficou conversando com "seus velhinhos" enquanto Gato do Fio limpava os peixes com o máximo de rapidez que conseguiu... E ele seria bobo de demorar?

Peixes preparados, Pé de Pau acompanhou os velhinhos até a kombi e ajudou a embarcar um por um.

– Olhem aqui, meus velhos – seus olhos estavam brilhantes pelas lágrimas contidas a poder de muito esforço –, se precisarem de alguma coisa, de qualquer coisa, chamem Pé de Pau... Não tenho instrução e sou meio grosso, mas cês moram no meu coração – e saiu dali, pois não conseguiria segurar suas lágrimas por mais tempo.

Em toda sua vida nunca tivera um dia tão especial, ele até diria que se tratava de um dia muito feliz, mas ele mesmo não sabia o que era a tal da felicidade.

*****

Gato do Fio estava de queixo caído; nunca teria imaginado que Pé de Pau pudesse fazer o que fez.

Mas quando seu chefe entrou peixaria adentro e começou a chorar, aí foi demais para ele! Pé de Pau chorava feio, parecia

---

* VG: verdadeira grandeza, expressão utilizada no Espírito Santo para denominar camarão grande.

um bicho resfolegando, uma barulheira respeitável, mas tão escandalosa que o som vinha lá do escritório e inundava a peixaria. Era tão forte, que Gato do Fio deu várias fungadas, seu nariz parecia uma torneira:

– E quié que cês tão olhando? Vão caçar trabalho, cambada de vagabundos – essa foi a saudação dele para os últimos assistentes, uma boa providência para cortar qualquer possibilidade de ele chorar também.

*****

Lá na floricultura, Regina atendia um turista daqueles que não falavam português, o que nos últimos tempos era bem raro.

Já estava desistindo do cliente quando Ademir chegou e logo percebeu que o sujeito era americano ou inglês – arriscou-se a arranhar o pouco inglês que sabia, acabando por descobrir que ele queria uma caixa com orquídeas.

A alegria do inglês se traduziu numa gorjeta de cinquenta reais para a moça.

Superando sua surpresa, quando o turista saiu ela disse que ia dividir a gorjeta com Ademir, afinal, só conseguira fazer a venda com a ajuda dele.

– De jeito maneira, Regina! A gorjeta é sua, morena. Ou então cê tá brigando comigo – e Ademir foi irredutível.

*****

Zé Santos escutara a reportagem do Márcio Frezoline na Rádio Guará, a qual “retransmitira” para seus dois amigos pela manhã.

Às três da tarde ele apareceu de novo:

– Ué, Zé! Quié que cê tá fazendo aqui?

– Seu Almeida marcou uma reunião: seu Paulo Otávio pediu pra trocar de horário comigo! Agora, sou porteiro das 10 às 18 horas, o que quer dizer que vou poder estudar à noite, Regina! – e foi pra papelaria, tinha que dividir sua alegria também com Ademir.

Voltou de lá com o rapaz, que ficou na porta da floricultura:

– E mais outra boa notícia: os vigias de Pé de Pau se foram!

De fato, agora que o bandido sabia onde fora parar seu dinheiro, eles não tinham mais razão de permanecer por ali.

*****

Quase na hora de fechar a loja, Ademir veio com a "jiboia pobre" de regresso:

– Bem, morena, acho que ela já pode voltar, né?!

– Ô, Ademir, obrigadérrima, cara. Foi tanta coisa acontecendo que até me esqueci da pobrezinha – e, pegando o xaxim, recolocou-o na prateleira.

– Morena, quero lhe falar sobre uma coisa séria.

Regina aproximou-se curiosa.

– Cê é uma pessoa muito especial, nessa confusão toda cê foi corajosa.

– Bem, a gente tinha que encarar... Cê é que é especial, o problema era meu, mas cê veio me ajudar, numa boa.

– Ora, não podia ser de outro modo... Mas o que quero lhe dizer é que... Bem, não é só dizer, quero perguntar uma coisa...

Regina achava que sabia o que ele iria falar, seus olhos revelavam a sua ansiedade.

– Pois é, quer dizer... – e, tomando coragem, soltou a pergunta: – Cê aceita ser minha namorada?

Regina ouviu o que pensava que nunca ouviria de Ademir.

E embatucou, não soube o que dizer, apenas sorriu.

Mas precisava dizer alguma coisa?

*****

– ...E agora a regra é essa: tratar os outros com educação! Chega de matar aqui e ali... Uns cascudos já bastam – Pé de Pau falava para toda a quadrilha, enfurnada no seu "escritório".

Ninguém sequer se atrevia a piscar.

– Quando tiver um velhinho querendo atravessar a rua, quem tiver por perto vai ajudar! E com delicadeza, que velho carece disso!!! Se algum carro vier correndo, pode meter bala nele, os velhinhos têm que tá protegidos, o resto que se dane!

A "capangada" se entreolhou, pelo rabo dos olhos, claro, e a mudez continuou presente.

– Cês vão dizer "bom dia", "boa tarde", "obrigado", "com licença", coisa de gente fina... E não quero ninguém aqui sem fazer a barba e sem banho tomado todas as manhãs... Tô injuriado com esse mau cheiro da gente. E tô indo agora pro barbeiro pra dar um jeito nessa cabeleira e na barba... Façam o queu fizer e ninguém leva um tiro meu.

Se Pé de Pau não ficara doidão, estava bem próximo, pensavam seus "atentos ouvintes".

Como todo bandido, ele viveria pouco... Um belo dia, alguém lhe aprontaria a passagem para a "terra dos pés juntos". Não existe bandido velho, essa era uma antiga e imutável lei; mas ele seria um bandido *light* e, dos males, o menor, pois se aquilo não tinha poderes para apagar seus malfeitos, evitaria futuras maldades até o final de seus dias.

Pena que Pé de Pau só descobriu que tinha coração quando já trilhara pelas sendas do crime, campeão de muitas maldades feitas.

Mas que era curioso vê-lo falando de sua santa mãezinha – logo ele, que dissera um milhão de vezes que não conhecia quem lhe botara no mundo–, lá isso era...

O jogo do bicho é um mundo à parte deste no qual vivemos, e aquele bucolismo que o marcava nos seus primeiros tempos há muito desapareceu; acabou-se aqui também o tempo da inocência.

Entendo que é necessário mostrar aos jovens, nas suas linhas mais gerais, como é o mundo, prevenindo-os contra a "romantização equivocada" dessa atividade presentemente classificada no rol das contravenções penais.

Hoje um carioca sessentão e bem-humorado, na minha adolescência, no bairro do Andaraí, conheci alguns bicheiros da Zona Norte do Rio, que eram "figuras permanentes do folclore da Cidade Maravilhosa".

Para a coleção Jabuti, escrevi *Sendo o que se é, Furo de reportagem, Firme como boia, Primeiro amor* e *A mochila.* Neste *Oh, Coração!*, ofereço mais uma aventura vivida por jovens, com um desfecho tão surpreendente quanto cômico.

Sobre o ilustrador

Marcelo Martins desenha desde criança, mas nunca estudou arte. Cursava Economia na USP quando foi convidado a estagiar em uma agência de publicidade. Acabou se formando em Publicidade pela ESPM e trabalhou exclusivamente com propaganda e arte por oito anos. Durante esse período, surgiu a oportunidade de fazer histórias em quadrinhos para o exterior, e, com ela, muitas outras portas se abriram. Desde então, a arte desempenha um papel definitivo em sua vida, principalmente como forma de expressão e realização.

A maioria dos outros livros que Roberto Jenkins de Lemos escreveu para a Coleção Jabuti — *A mochila, Firme como boia, Furo de reportagem* e *Sendo o que se é* — também foram ilustrados por Marcelo Martins.

COLEÇÃO JABUTI

4 Ases & 1 Curinga
Adeus, escola ▼◆🗐☒
Amazônia
Anjos do mar
Aprendendo a viver ◆⌘■
Aqui dentro há um longe imenso
Artista na ponte num dia de chuva e neblina, O ✻★⌖
Aventura alucinante
Aventura na França
Awankana ✎☆⌖
Baleias não dizem adeus ✻🕮⌖○
Bilhetinhos✪
Blog da Marina, O ⌖✎
Boa de garfo e outros contos ◆✎⌘⌖
Botão grená, O ▼✎
Braçoabraço▼⚐
Caderno de segredos ❑◎✎🕮⌖○
Carrego no peito
Carta do pirata francês, A ✎
Casa de Hans Kunst, A
Cavaleiro das palavras, O ★
Cérbero, o navio do inferno 🕮☑⌖
Charadas para qualquer Sherlock
Chico, Edu e o nono ano
Clube dos Leitores de Histórias Tristes ✎
Com o coração do outro lado do mundo ■
Contos caipiras
Da costa do ouro ▲⌖○
Da matéria dos sonhos 🕮☑⌖
De Paris, com amor ❑◎★🕮⌘☒⌖
De sonhar também se vive...
Debaixo da ingazeira da praça
Delicadezas do espanto ✪
Desafio nas missões
Desafios do rebelde, Os
Desprezados F. C.
Deusa da minha rua, A 🕮⌖○
Dúvidas, segredos e descobertas
É tudo mentira
Enigma dos chimpanzés, O
Enquanto meu amor não vem ●✎⌖
Espelho maldito ▼✎⌘
Estranho doutor Pimenta, O
Eu, bruxa ✪⚐
Face oculta, A
Fantasmas ⌖
Fantasmas da rua do Canto, Os ✎
Firme como boia ▼⌖○
Florestania ✎
Furo de reportagem ❑✪◎🕮⚐⌖
Futuro feito à mão
Goleiro Leleta, O ▲
Guerra das sabidas contra os atletas vagais, A ✎
Hipergame ✍🕮⌖
História de Lalo, A ⌘
Histórias do mundo que se foi ▲✎✪
Homem que não teimava, O ◎❑✪⚐○
Ilhados
Ingênuo? Nem tanto...
Jeitão da turma, O ✎○
Leão da noite estrelada, O ●❑☺✈🗐✎◎☑○⌖
Lelé da Cuca, detetive especial ☑✪
Lia e o sétimo ano ✎■
Liberdade virtual ✎
Lobo, lobão, lobisomem
Luana Carranca
Machado e Juca †▼●☞☑⌖
Mariana e o lobo Mall 🕮⌖
Márika e o oitavo ano ■
Marília, mar e ilha 🗐✍✎
Mataram nosso zagueiro
Matéria de delicadeza ✎☞⌖
Melhores dias virão
Menino e o mar, O ✎
Miguel e o sexto ano ✎
Minha querida filhinha
Mistério de Ícaro, O ✪⚐
Mistério mora ao lado, O ▼✪
Mochila, A
Motorista que contava assustadoras histórias de amor, O ▼●🗐⌖
Muito além da imaginação
Na mesma sintonia ⌖■
Na trilha do mamute ■✎☞⌖
Não se esqueçam da rosa ♠⌖
Nos passos da dança
Oh, Coração!
Passado nas mãos de Sandra, O ▼◎⌖○
Perseguição
Porta a porta ■🗐❑◎✎⌘⌖
Porta do meu coração, A ◆⚐
Primavera pop! ✪🕮⚐
Primeiro amor
Que tal passar um ano num país estrangeiro?
Quero ser belo ☑
Redes solidárias ◎▲❑✎⚐⌖
Reportagem mortal
Riso da morte, O
romeu@julieta.com.br ❑🗐⌘⌖
Rua 46 †❑◎⌘⌖
Sabor de vitória 🗐⌖○
Saci à solta
Sardenta ☞🕮☑⌖
Segredo de Estado ■☛
Sendo o que se é
Sete casos do detetive Xulé ■
Só entre nós – Abelardo e Heloísa 🗐■
Só não venha de calça branca
Sofia e outros contos ☺
Sol é testemunha, O
Sorveteria, A
Sótão da múmia, O ✪⌘
Surpresas da vida
Táli ☺
Tanto faz
Tenemit, a flor de lótus
Tigre na caverna, O
Triângulo de fogo
Um anarquista no sótão
Um balão caindo perto de nós
Um dia de matar! ●
Um e-mail em vermelho
Um sopro de esperança
Um trem para outro (?) mundo ✖
Uma janela para o crime
Uma trama perfeita
Vampíria
Vera Lúcia, verdade e luz ❑◆◎⌖
Viva a poesia viva ●❑◎✎🕮⌖○
Viver melhor ❑◎⌖
Vô, cadê você?
Yakima, o menino-onça ✍✍○
Zero a zero

Prêmio Altamente Recomendável da FNLIJ
Prêmio Jabuti
Prêmio "João-de-Barro" (MG)
Prêmio Adolfo Aizen - UBE
Premiado na Bienal Nestlé de Literatura Brasileira
Premiado na França e na Espanha
Finalista do Prêmio Jabuti
Recomendado pela FNLIJ
Fundo Municipal de Educação - Petrópolis/RJ
Fundação Luís Eduardo Magalhães
CONAE-SP
Salão Capixaba-ES

▼ Secretaria Municipal de Educação (RJ)
■ Departamento de Bibliotecas Infantojuvenis da Secretaria Municipal da Cultura de São Paulo
◆ Programa Uma Biblioteca em cada Município
❑ Programa Cantinho de Leitura (GO)
♠ Secretaria de Educação de MG/supletivo de Educação de Jovens e Adultos - Ensino Fundamental
☞ Acervo Básico da FNLIJ
✈ Selecionado pela FNLIJ para a Feira de Bolonha/96
✎ Programa Nacional do Livro Didático

🕮 Programa Bibliotecas Escolares (MG)
✍ Programa Nacional de Salas de Leitura
🗐 Programa Cantinho de Leitura (MG)
◎ Programa de Bibliotecas das Escolas Estaduais (GO)
† Programa Biblioteca do Ensino Médio (PR)
⌘ Secretaria Municipal de Educação de São Paulo
☒ Programa "Fome de Saber", da Faap (SP)
⚐ Secretaria de Educação e Cultura da Bahia
☑ Prefeitura de Santana do Parnaíba (SP)
○ Secretaria de Educação e Cultura de Vitória